AWAMURA AKAMITSU
あわむら赤光
【イラスト】kakao
転生魔王《てんせいまおう》の大誤算《だいごさん》
有能魔王軍の世界征服最短ルート
3

もちろん乳兄妹のアタシよね！
妾を選んでくだされば……♥

小官にご用命を。我が陛下《マインカイザー》。
……お腹空いた。
己以外すべてをいざ討ち滅ぼさん……!
魔王の正妻を決める魔界式ジャンケン勃発!

シトレンシア
レヴィ山の妹。
四大実力者アザールと
結婚した美女。

ケンゴー最大級の難関ミッション!?
無限の全裸美女から本物を見抜けるか?

えっと……
こう、こうか？

《嫉妬》の魔将レヴィ山の本領解禁!
うらやむほどに強くなる不敗の異能!!

CONTENTS

The Great Miscalculation of THE DEVIL.

転生魔王の大誤算３
～有能魔王軍の世界征服最短ルート～

あわむら赤光

GA文庫

登場人物紹介
CHARACTER
[イラスト]kakao
ケンゴー
『歴代最高の魔王』と称される魔界最強の男。だが、その中身は人畜無害の高校生で怖そうな魔将たちに日々怯えている。せめて魔王らしくいようと心掛けた結果、勘違いや深読みが重なって臣下から絶大な忠誠を集めることに。
傲慢《ごうまん》の魔将　ルシ子
当代の『ルシフェル』を司る七大魔将の一人。ケンゴーとは乳兄弟の関係にある幼馴染。彼が「別世界の人族だった」という前世の記憶を持っていることを知っているが、それは二人だけの秘密。

憤怒《ふんぬ》の魔将 **サ藤**

当代の『サタン』を司る、怒らせてはいけない魔将。もう一つの顔を魔王は知らない。

強欲《ごうよく》の魔将 **マモ代**

当代の『マモン』を司る、独占欲が強い魔将。作戦会議でも司会進行役は自分のもの。

嫉妬《しっと》の魔将 **レヴィ山**

『レヴィアタン』を司る、良いとこ探しの魔将。魔王の一挙手一投足を好意的に解釈する。

色欲《しきよく》の魔将 **アス美**

『アスモデウス』を司る、あどけなくも艶めいた魔将。魔王の初々しさがお気に入り。

暴食《ぼうしょく》の魔将 **ベル乃**

『ベルゼブブ』を司る、いつもお腹を空かせた魔将。彼女に食べることを禁じてはならない。

怠惰《たいだ》の魔将 **ベル原**

『ベルフェゴール』を司る、深読みに長けた魔将。頭が回りすぎて魔王を拡大解釈しがち。

プロローグ

草食系男子高生の乾健剛《いぬいけんごう》は、魔王ケンゴーに転生してしまった。

そして、今日も今日とてピンチを迎えていた。

「お、奥方殿……。これはいったい、い、如何《いか》なる仕儀であろうか……？」

震え声になって確認する。

体はもう緊張で強張《こわば》り、石像のようになってしまっている。

そう――ベッドに横たわったまま、柔らかなマットレスと柔らかな美女の肢体に己《おの》が身の前後をサンドイッチされ、ケンゴーだけがガチゴチ状態。

べったり、しな垂れかかってくるその美女に、寝巻の上から胸板をさすられている。

「ああ、陛下……いと慈悲深き今上陛下……どうか何も仰《おっしゃ》らず、私めと一夜をともに……」

彼女もまた緊張で声を震わせながら、哀願してきた。

その顔立ちは貞淑《ていしゅく》そう――というか如何にも大人しそうで、押しも弱そうで。

表情だって男を誘惑する時のそれではない。明らかに無理をしているのが窺《うかが》える。

だが対照的に、彼女の肉体は男を誘うためにできているかのようだった。

褐色の肌は得も言われぬほど艶《なま》めかしい色合いで、寝室の夜灯光を照り返す様は淫靡《いんび》そのもの。押しつけられた乳房はなんともたわわで、弾力に富みながらも決して硬くはない絶妙な塩梅《あんばい》の、たぷたぷとした感触が悩ましい。

そんな両者のギャップに、ケンゴーは困惑させられていた。

雄《おす》としての本能は蠱惑《こわく》的な女体の誘惑に悦び、股間は覿面《てきめん》に反応してしまっていた。一方で気持ちとしては、彼女の表情にありありと出ている悲愴《ひそう》感が、いたたまれなくて仕方ないのだ。

「お、奥方殿……事情はよくわからぬが、とにかく無理をするのはよくない。余はそなたの辛《つら》そうな顔を見たくはない」

「ああ、本当にお優しい方……。でしたら、後生ですからこれ以上、何も仰らないで……」

彼女は長い睫毛《まつげ》を震わせ、そっと目を閉じると、意を決したように強硬手段に出てきた。

ケンゴーの口を、彼女の口で塞《ふさ》いできた。

有り体に言えばキスをされた！

（ふおおおおおおお⁉）

肉感的な彼女の唇《くちびる》で、自分の敏感な部分をちゅっちゅと吸われ、ケンゴーは声にならない悲鳴を上げる。それほどの快感を口で味わう。

「……ふふ。殿方も唇は柔らかいのですね。……それとも陛下が特別なのでしょうか？」

彼女は控え目な表情で、しかし屈託《くったく》なく笑った。そんなにおかしかったのか、少し緊張が解

けたようだった。台詞《せりふ》といい、仕種《しぐさ》といい、なんとも初々《ういうい》しいものだった。

おかげで雄の本能がかえってそそられ、ケンゴーはゴクンと生唾《なまつば》を飲み下しながら、

「そ、そなたは人妻であろう？　まるで初めてキスをしたようなことを申す……」

「ですが事実……私めにとっては、初めてのことでございますから」

「ファッ⁉　初めて⁉　これが⁉」

彼女が嘘《うそ》をついているようには見えず、ケンゴーは仰天した。

「ええ。私めのファーストキスはたった今、御身《おんみ》に捧げたということになりますね」

照れ臭さを誤魔化《ごまか》すためだろう、褐色の美女は苦笑いとともに冗談めかした物言いをした。

ぎこちなかった態度が徐々に軟化し、彼女の素の部分が見えてきたようにケンゴーは思えた。

打ち解けた彼女はただ清楚《せいそ》なだけではなく、茶目っけも備えているように思えた。

そして何より、苦笑を浮かべた彼女の表情は、満更ではなさそうなものに見えた。嫌々ケンゴーと口づけを交わしたようには、決して見えなかった。

（人妻なのに⁉　俺《おれ》たち出会ったばっかなのに⁉）

ケンゴーの中で倫理観がどろどろと融解していき、ますますパニックに陥《おちい》る。

だが自分みたいなヘタレチキン魔王でも、偽《いつわ》らざる本音の話、美人とキスができればうれしいし、しかも相手だってちゃんと求めてくれた上ならもっとうれしい。

ますますドギマギとさせられる。

「キスとは、このように気持ちの良いものだったのですね……」

彼女も新たな快感に目覚めたとばかり、二度、三度と啄《ついば》むように口づけしてくる。

(ふおおおお!?　ふおおおおおおおお!?　ふおおおおおおおお!?)

どうしたらいいかわからないケンゴーは、もうされるがままで快楽に身をゆだねるばかり。

ずっと石像モードになっていると、今度はその硬くなった胸板へ、褐色の美女がぴったりと頬《ほお》を寄り添わせ、

「ふふ……。唇と違って、男の人の胸は逞《たくま》しゅうございますね。……それとも、これも陛下が特別なのでしょうか?」

「他《ほか》の男の大胸筋の厚さなど余も知らぬが……」

それこそ旦那サンの胸板はどうなのよ?

ケンゴーはツッコミそうになるのを、ぐっと呑《の》み込む。


この褐色の美女は何者なのか?

どうして人妻とこんなことになっているのか?

神様、俺なんか悪いことしましたか?

そもそもの発端は、一週間前まで遡る――

第一章　レヴィ山のお願い

「ちょっちお願いがあるんですよ、我が君」

軽薄な感じのイケメン青年が、チャラ～い笑顔とともに現れた。

七大魔将の一角で、「嫉妬《しっと》」を司るレヴィ山《やま》である。

この時、ケンゴーは午後の執務中。

財務相（大臣）のザガン子爵が持ってきた書類に目を通し、執務机でサインしまくっていた。

「ほほう」

と厳《おごそ》かに相槌《あいづち》を打つケンゴー。一旦《いったん》、署名の手を止め、年代物の椅子《いす》にどっかりと背を預けるように座り直す。今日も今日とて魔王風をびゅんびゅん吹かせる。

しかしその胸中では、

（話を聞くのはやぶさかじゃないんだけど、いま仕事中だしなあ。どうしようかなあ。後にしてくれって言ったらレヴィ山の心証が恐いかなあ。でも仕事サボったら今度は大臣の心証がなあ。まぢどうしょ……）

とビクビク思い悩む小胆さ。

どっちに叛意《はんい》を抱かれても嫌だなあと板挟みになっていると――

「ちょうどよい時刻ですし一休憩なされませ、魔王陛下」

ザガン子爵の方が申し出てくれた。

恭《うやうや》しく一礼、サインの入った書類を集めて執務室を辞す。さらに、壁際に控えていた女官たちへ向かって茶の用意をするよう促す。

ザガン子爵は筋骨逞《たくま》しい偉丈夫で、首から上は牛の頭というコワモテだが、立ち居振る舞いから何から理知的な魔族なのだ。魔王国の財政を一手に担っている辣腕《らつわん》なのは伊達《だて》じゃない。

加えて、レヴィ山に対する遠慮もあったかもしれない。

七大魔将と大臣たちと、制度上ではどちらの立場が高いとか低いとか、定まってはいない。

だが魔族社会は昔から武門を、もっと明け透けに言えば「暴力」を貴ぶ世界であるから、慣習的には七大魔将たちの方が格上とされる風潮があるのだ。

「子爵には悪いことをしたな」

「後でオレちゃんから一言、わびておきますよ～」

レヴィ山はさすが気遣いの達人で、フォローを約束してくれた。

もっとも――本当に気遣いのできる男ならば、執務中にわざわざ顔を出さないものではなかろうか？　そもそもの話、大臣らに遠慮するのではないだろうか？

（いやいやいや気にしすぎ気にしすぎ。こういうところが俺《おれ》は小心者なんだよなウン）

ケンゴーは深く考えるのをやめた。恐いので。

「して、レヴィ山。願いとはなんだ？」

執務椅子を立つと、休憩用兼応接用のソファへ移動する。ちょっとしたベッドになるくらい、大きくてクッションの効いたソファだ。

ローテーブルを挟んで対面にレヴィ山も腰かけ、

「来週から十日ほど、お休みをいただきたいんですよ、我が君」

「ファファファ、おまえほどの男が改まって言い出すから、何事かと思えば」

「オッケーいただけます？」

「無論だとも。これで余は吝嗇《りんしょく》な王ではないつもりだ。まして、おまえの日々の忠勤ぶりを慮《おもんぱか》ればだ。十日と言わず、半月でも一か月でもゆっくりしてくるとよい」

ケンゴーは鷹揚《おうよう》の態度を作り、許可を出した。


というかレヴィ山の立場なら本来、休暇伺いなどいちいちする必要はないのだ。

魔界は絶対王政ではなく、建国以来ずっと封建制を敷いている。それも諸侯の自治権や独立性が、相当に強い部類の。

そして、レヴィ山は大公の位にある最大級の諸侯で――筋で言えば仮に――所領に引き籠《こも》って統治に専念していたとしても、誰憚《はばか》ることのない立場なのである。

レヴィ山がほとんど魔王城で暮らしていて、まるで側近然とケンゴーに仕えてくれているのは、あくまで彼の自発的な行為というか好意でしかない。

「じゃあ陛下のお言葉に甘えて、ちょっくらアザゼル男爵領まで行ってきますね。パーティーに招待されたもんで」

「ほほう。アザゼル男爵とな……」

ケンゴーは興味を覚える一方で、口を濁した。

アザゼル男爵と言われても、すぐにどんな人物か思い出せなかったからだ。

(俺の戴冠式の時に多分、会ってるはずなんだけどな！　あの時は七日で千人くらいに挨拶《あいさつ》してもらったからな！　俺だって頑張って顔と名前を憶えようとしたけど限度があるから！　よっぽど個性とか特徴があった奴《やつ》以外ムリだから！)

胸中で誰にともなく言い訳をしまくるヘタレチキン。

するとレヴィ山が、

「ところで我が君におかれましては、アザゼル男爵のことをご存じで？」

「えっっっ!?　……あ、いや、その、む、無論だとも！」

ケンゴーは魔王としての権威を保つために、つい咄嗟《とっさ》に知ったかぶりをしてしまう。

「いや、さすがはいと穹《たか》きケンゴー魔王陛下ですね」

「そ、それは褒《ほ》めすぎというか当然であろう。アザゼル男爵とて大事な臣下の一人であろう」

「うーん、そこまで我が君の覚えがめでたかったなんて、嫉妬を禁じ得ないなあ。でも確かに、当代のアザール殿は**四大実力者の一人**ですしねー」

「……は？」

（よんだいじつりょくしゃって……何？）

「とはいえ、アザゼル家は初代も女で失敗してパッとしなかったって話ですし？　その後はもっとパッとしない当主ばかりだったって専《もっぱ》ら言われてますし？　実際に爵位も低いし、まさか魔王陛下ともあろうお方の目に留まっていただなんて、思ってもみませんでした。いやオレちゃん、ケンゴー様の臣下に対する想《おも》いの深さを、まだまだ理解できてませんね。マジ反省ですよ。もっとリスペクトですよ」

「ふぁ……ふぁふぁふぁ……別にそれほどのことでもないが……な？」

（いくら立場が低い相手だからって、挨拶に来てくれた人のことを憶えてないなんて、白状するわけいかないし……ね？）

「確かアザール殿は戴冠式の時、病欠してたはずなんですが、さすがッスね～」

「ファッ⁉」

（ホントに会ってないんかい！　そりゃ記憶も印象もないはずだわ！）

しかし今さら、よく知らないとは言い出せないケンゴー。

四大実力者ウンヌンも含めて、後で調べておこうと頭のメモに書き留めつつ、露骨に話題逸《そ》らしを試みる。

「よ、余のことはさておき、レヴィ山が男爵と懇意にしておるとは知らなかったな」

「実は五年前に妹が、アザール殿に嫁いだんですよ。って言いつつ、男爵当人とは疎遠も疎遠なんですけどね。今回は彼の百五十歳の誕生日と、結婚五周年とでダブルの節目を祝って、いっぱい人を招いて盛大なパーティーを開くって話でして」

「それで親交の薄いおまえにも招待状が来たわけか。いや、しかしレヴィ山に妹がおったとは、それこそまさに初耳だな」

アザゼル男爵のことより、よっぽど興味がある。

（レヴィ山に似て、気遣いのできるムードメーカーなのかもなー）

とか空想すると楽しくなってくる。

会ったこともないのに可愛《かわい》く思えてくる。

「ハハッ、シトレンシアって名前で――今まだベル乃《の》と同じくらいだったかな？――オレちゃんとは歳《とし》もずいぶんと離れてるんですけど、いたんですよ。ただ、ちょっーと複雑な家庭事情ってやつがありまして。我が君といえど、ご存じないのもしゃーないっすよー」

「む。然様《さよう》か」

あまり立ち入ったことを聞くのも野暮《やぼ》かと、ケンゴーは話題を打ちきろうとした。

「いえいえ、我が君に隠し立てするほどの大事じゃないんで。ただ我が家の恥ってか、とても自慢できるような話じゃないってだけで」

まあ聞いてくださいよ～、とレヴィ山はまるで世間話のようなノリで、ぱたぱた手を振った。

「オレちゃん、実は妾腹《しょうふく》ってやつで、正妻さんの子じゃないんですよ～」

（いきなり生々しい話をぶっ込んできたな……）

なのにレヴィ山の口調がいつも通りの軽薄さで、頭が混乱しそうになる。

「しかもオレちゃんの親父殿がまた、外では威張《いば》り腐ってたくせに、家では正妻さんに強く出られないところがありまして～。オレちゃんのおふくろを側室として迎える許可をとるどころか、逆に鬼神と化した正妻さんにおふくろを追い出されちゃったんですよ～」

（お、重い……話が……）

「誤解がないように言っておきますと、正妻さんも悪い人じゃあないんですよ？『生まれた子には罪がない』っつってオレちゃんのこと、認知してくれましたし。兄貴たちと分け隔てなく育ててくれましたし。その兄貴たちもオレちゃんのこと、可愛がってくれましたし。そりゃ子どものころは、実の母親に会えなくて寂《さび》しい時期もありましたけどね。まあでも、これで恵まれてないなんて愚痴ってたら、ナサケネーよなって思います。正妻さんのことも恨《うら》むどころか、立派な人だよなって尊敬してます。**恨んでるのは親父殿だけです**」

（今、さらっとなんつった……？）

レヴィ山の闇《やみ》を垣間見《かいまみ》た気がしたが、考えすぎということにした。恐いので。

「で、オレちゃんのおふくろが後に、今度はシトリー家のご当主に見初《みそ》められまして～」

(うーむ……よっぽど美人ってかモテるお母さんなんだな)

話題が重いだけに何を言っても微妙な空気になりそうで、ケンゴーはだんまりを決めたが。

「それで生まれたのが、オレちゃんの異父妹《いもうと》ってわけです。まあ大っぴらには言い辛《づら》いっつーかビミョ～？　な関係なんです。僚将《なかま》でも妹がいるって知ってるのはマモ代《よ》とかアス美《み》とか、社交界に精通してる奴だけじゃないっすかね」

「なるほど理解した！」

これ以上、生臭い話が出てきたら聞いてて辛くなるので、ケンゴーは打ちきるように言った。

レヴィ山の妹のことは関心が尽きないが、なんなら会ってみたいとも思うが、藪蛇《やぶへび》になるのだけは御免《ごめん》なヘタレチキンだった。

その一方、レヴィ山は急に改まった態度になって、

「実は……それに関係して我が君にもう一つ、折り入ってご相談がありまして」

「ファファァ！　余とレヴィ山の間柄であろうが。そう遠慮せず、言ってみるがよい」

藪蛇だけはやめてよね！　と内心で冷や汗を垂らしつつ、ケンゴーは鷹揚の態度を演じる。

「誠に畏《おそ》れながらアザール殿がそのパーティーに、我が君のご来臨の栄を賜《たまわ》りたいと申しておりまして……。ぶっちゃけ話、もし来ていただければオレちゃんてか、妹の顔が立つ次第で」

「なんだ、そんなことか」

恐れていたような重くドロドロした話ではなく、ケンゴーはパッと表情を輝かせた。

「よい、よい。喜んで参加するゆえ、その方向で調整してくれ」

「自分でお願いしておいてなんですが、そんな安請け合いなさってよろしいので……？」

「ファファファ、大いによろしい」

ケンゴーはここぞとばかりに魔王風を吹かせてみせた。


魔王として日々のお仕事がなくなることなどないが、政務に関しては普段から真面目《まじめ》にこなしているので、たまに休暇をとったところで支障が出たりはしない。

また軍務――内心、嫌で嫌で仕方ない世界征服に関しても現在は一旦、ケンゴーの手から離れている状態である。

占領したばかりのベクター王都が、「断罪」を司る天使ダムナ・ティオの暴挙によって半壊した事件が、二週間ほど前。

「これを放置したままさらなる征戦を続けることは、余の沽券《こけん》に関わる。『当代の魔王は焼け野原を征服下に置いて、悦に浸っているのか』と笑いものになる。余の統《す》べる魔界とは、完璧《かんぺき》なものでなくてはならないのだ。たとえ併呑《へいどん》したばかりであろうが辺境の一小都市であろうが、尽《ことごと》く美しくなければならないのだ。違うか？」

「はい、我が陛下《マインカイザー》。いいえ、違いません！」

「そうであろう？　よってベクターの再建が完了するまでは、人界への進攻を休止する。否《いな》、占領地の完全無欠たる統治もまた余の征戦、余の覇道であると心得よ」

「御意《ぎょい》」

「人族《サル》どもの町一つ、立て直すのに魔王陛下のお手を煩《わずら》わせるわけにはいきません」

「ぼ、ぼ、僕たちにお任せください！　さ、さ、宰相らと協力して事に当たります！」

「以前よりも遥《はる》かに美しい、陛下が支配なさるに相応《ふさわ》しい町に生まれ変わるよう、都市計画を練りましょう――御身《おんみ》の知恵袋であるこのベル原《はら》が」

　という具合に。

　例によってケンゴーがもっともらしい理由を並べ立て、それを皆が好意的に受け容れてくれたおかげで、しばしの平穏を満喫できているのだ。

　よってアザゼル男爵領まで遊びに行って、パーティーに出席するくらいなんの問題もないはずなのだが――

　レヴィ山が申し訳なさげに言葉を続ける。

「これもぶっちゃけ話ですがね、アザール殿が今回のパーティーで大勢を集めようとするのも、オレちゃんや我が君を招待するのも、要するに示威行為ですよ。今や四大実力者の一角に目された自分は、ただの男爵風情《ふぜい》じゃないんだぞ、しょっぱかった先祖たちとは違うんだぞって、内外にアピールするための政治的パフォーマンスですよ。それにみすみす利用されても、我が君は大いによろしいので……？」

（えっ!? あっ、そういう考え方もあるのか！）

前世において、所詮は平凡な高校生だったケンゴーだ。この手の薄汚れた政治的駆け引きや、如才《じょさい》のない身の処し方等、疎《うと》いのも無邪気なのも致し方なかった。

（いつもチャラいはずのレヴィ山がさっきから妙に改まってるというか、ばつが悪そうだった理由もわかった……）

これも要するに妹の顔を立てるため、主君にみすみす政治利用されてくださいませんかと、嘆願に来たわけだ。

（その妹さんのこと、よっぽど可愛がってるんだろうな）

さっきからレヴィ山の心の闇がチラホラ見え隠れした気がするが、なんのことはない。

（こいつにもちゃーんと光の部分が、心に温かい部分があるじゃないか！）

ケンゴーの方まで何やら、ほっこりさせられるではないか。

そして、今度はちゃんと事情を理解した上で答える。

「構わぬと言っておるだろう？ 余は吝嗇な魔王ではないぞ」

政治利用されるくらいがどれほどのことかと、特に演技を意識せず笑い飛ばした。

そう――レヴィ山は普段から過剰《かじょう》なくらい、ケンゴーのことを立ててくれる。持ち上げてくれる。敬意を払ってくれる。しかも決して口だけではなく、自発的に魔王城に常勤し、まめまめしく仕えてくれている。

七大魔将の一角たる、彼ほどの男がだ。

それがどれほどケンゴーの、魔王としての権威につながっていることか。箔付けになっていることか。政治的パフォーマンスという観点ならそれこそ、自分はこの上なくレヴィ山に助けられているわけだ。実はヘタレチキンでしかないことがバレないように、日々あくせくしている身からすれば本当にありがたい。

そんな他《ほか》ならぬレヴィ山の頼みである。

「余は喜んで男爵領までゆこう」

「……ありがたき幸せっ」

レヴィ山はわざわざソファを立つと、深々と頭を下げた。

「ファファファファ、相変わらず大げさな奴だな！」

今度は芝居がかった態度で笑い飛ばし、ケンゴーは腰を下ろすよう勧める。

レヴィ山も胸のつかえがとれたのか、にこりとして掛け直した。

レヴィ山との談笑を続けながら、ケンゴーは半ば思いに耽《ふけ》っていた。

（旅行なんていつぶりだろうなあ……）

なにせ魔王をやるので、ずっといっぱいいっぱいだったのだ。

（社交会とかパーチーとか気が重いけど、そう思えばまあ。レヴィ山の妹に会うのもちょっと楽しみだしなあ）

などと気持ちはもう既に、魔界南方アザゼル男爵領へと羽ばたいていた。

しかし、旅行気分に胸躍らせるのはまだ早かった。問題がもう一つ、残っていた。

ローテーブルの対面に座るレヴィ山が申し出る。

「つきましては我が君。誰を同伴するのか、近日中に決めておいていただけますか？」

「エッ」

「この手のパーティーでは、女性同伴がマナーですんでー」

（うっ、なるほど。そういうことか）

遅れて理解が及んだが、これも致し方ないことだった。

ケンゴーは王太子時代から通して、社交界だとかパーチーだとか、ほぼ縁がない。

何しろ実父である先代魔王が、「戦争大好き」「宴席嫌い」という粗暴硬派な人柄であったため、嫡子《ちゃくし》たるケンゴーがそういうチャラチャラした催しに近づくことを好まなかった。

またケンゴーもケンゴーで、この危険溢《あふ》れる魔界で生き延びるため、防御魔法その他の修業にばかり勤《いそ》しんでいた。父王が後継者教育にも関心を示さなかったのを良いことに、王太子らしい学問や教養を身に付けるのを疎《おろそ》かにしていた。

これが通常の国家であれば、帝王学の「て」の字も知ろうとしない王太子など、周囲が許さなかったであろう。

しかし、ここは魔界である。

「強い奴が偉い」という頭の悪い価値観が、太古より罷《まか》り通っている超実力主義国家である。

周りの者たちはケンゴーが必死で魔法修業に打ち込む姿を見て、「さすがあの陛下にして、この殿下ありよな」「誠に天晴《あっぱれ》、ケンゴー様は武張《ぶば》っておられる」と、褒められることこそあれ眉《まゆ》をひそめられることはなかったのだ。

（まあその疎かにしたツケが魔王になった今、ヒシヒシと圧《の》し掛かってきてるんですけどね！）

まずは強く生きるための術《すべ》が最優先だったので致し方ない。

「ち、ちなみにレヴィ山は、余が同伴するに当たって誰が相応しいと思う……？」

どんな基準で選べばいいものかわからない、知らない、などと口が裂けても言えないケンゴーは、さも君の一意見をあくまで参考までに聞かせてくれ！　という態度をとって諮問《しもん》する。

「そっすねー。いと穹《たか》きケンゴー魔王陛下の横に並べても恥ずかしくない奴っつーと、やっぱなかなか……」

レヴィ山は頭をかきながら、考えをまとめる素振りを見せた。

まさに、その時である。

「話は聞かせてもらったわ！！！！」

いきなりバーンと開かれた、出入り口の扉。

それはもう本当に唐突極まりなく、ケンゴーとレヴィ山はともにあんぐりとさせられる。

一方、闖入者《ちんにゅうしゃ》はこちらの気も知らぬ様子で得意絶頂、

「そういうことならこのアタシがつき合ってあげる！　魔界屈指の名門貴族令嬢で、且《か》つ七大魔将の筆頭格で、何より魔界最強の美貌《びぼう》を持つこのルシ子《こ》が!!　ケンゴーがどおおおおおおおおおしてもって言うならパーティーに同伴してあげるわっっっ」

豊かで形の良い胸に手を当て、キュートなお尻《しり》から生えた悪魔チックな尻尾《しっぽ》を自慢げに揺らしながら、「傲慢《ごうまん》」を司る乳兄妹《おさななじみ》さんは今日も今日とてイキッていた。

ケンゴーは半眼になってツッコむ。

「おまえ、いっつもそこで聞き耳立ててんの……？」

「ばばばばばバカねっ偶然たまたま通りがかったに決まってるでしょうがっっっ」

語るに落ちたとツッコむのも可哀想《かわいそう》になるくらい、ルシ子は舌をもつれさせた。

「そんなに俺のことが気になって仕方ないの？」

「じじじじじ自意識過剰なんじゃないのアンタきもきもきもぉぉぉっっっ」

キモいのは果たしてどちらだろうかとツッコむのも可哀想になるくらい、ルシ子は目を左右に泳がせた。

（外からコッソリ様子を窺《うかが》ってるくらいなら、中で一緒にいりゃいいのに。俺とルシ子の仲なんだし、別に仕事してる横で寛《くつろ》いでくれたって邪魔じゃないのに）

まあ提案したところでこの「傲慢《ツンデレ》」さんは、全力で拒否するに違いないが。

ケンゴーは不毛な問答を打ちきり、建設的な話を進める。

「せっかくだしルシ子を同伴するというのはどうだ、レヴィ山？」

「ええ、ナイス人選かと。ルシ子なら地位も実力も美貌も妬《や》けるほどありますし、我が君とも釣り合いがとれてます。オレちゃんとしてもますます顔が立ちますし、願ってもない話ですね」

「もう仕方ないわねえ！　まったく強くて美しくて有能なのって罪だわ～。頼まれごとが増えて増えて困っちゃうわ～～～」

（確かに事実なんだけど、自分で言っちゃうのがなあ。こいつはなあ）

「ルシ子も陛下をお相手に公然とイチャイチャできる機会だし、楽しんでくれよな」

「はあああああああ⁉　べべべべ別にパーティーの間中ずっとケンゴーとべったり腕を組んだり、お酒に酔ったふりして甘えかかったり、あまつさえ介抱してもらうていでそのまま押し倒されたりとか、そんなこと期待して名乗り出たわけじゃないわよ！　下衆《げす》な勘ぐりはやめてよねっっっ」

「お、おう」

「……オレちゃんもまさかそこまで考えてなかったけど、頼むから陛下と腕を組むのはＴＰＯを弁《わきま》えような。邪魔すぎるから」

天狗《てんぐ》になったりツンツンしたり忙しいルシ子の剣幕に、レヴィ山は苦笑いを浮かべた。

（でも実際、パートナーがルシ子でいいんなら、マジで助かるよな）

これが他の女性でなければいけなかったとしたら、ヘタレチキン的には荷が重い。会場で絶対に緊張しまくる。

それにルシ子だったら社交界の作法や常識に疎いケンゴーを、なんだかんだフォローしてくれるに違いない。そんな信頼感がある。

「では我が君、その方向で調整しときますね」

「うむ、良きに計らえ」

ケンゴーは内心安堵《あんど》しつつも、魔王然と振る舞う演技は忘れず、鷹揚の態度で首肯する。ソファにどっかりと座って見えるよう殊更《ことさら》に深く背を預け、大股を広げる。

と――

「異議ありじゃ、主殿《あるじどの》」

――その開いた股の間から、何者かが「にゅっ」と顔を覗《のぞ》かせた。

まさか今の今まで、ローテーブルの下に身を潜めていたのだろうか？　可憐《かれん》な童女の見目をした、齢《よわい》二百歳超えの大魔族だ。未成熟な肢体《したい》に、ぶかぶかのドレスをひっかけるようにした危険なコーデが、しかし似合っている。しかし胸元《むなもと》からあれやこれやが覗きそうで、見ている方は気が気でない。

誰あろう、「色欲」の魔将アス美である。

「おまっ、どこから顔出してんの⁉」

「主殿、今はそのような些事《さじ》を論じている場合ではございませぬぞ」

「人の股座《またぐら》からいきなり現れといて大事じゃねーよは無理あるからね⁉」

アス美が神出鬼没なのはいつものことだが、「股からにゅっ」はさすがに度肝を抜かれた。ケンゴーは思わず素になってしまった。

一方、アス美は人の気も知らず、急に猫撫《な》で声になると、

「ねえねえ主殿～♥　アス美もパーティーに同伴したい～♥♥♥　酔ったふりして主殿を押し

倒したい～♥♥♥♥♥」

（こいつ、乱交パーティーか何かと勘違いしてるんじゃないだろうな……）

「ねえねえ主殿、よいじゃろ～？　ルシ子よりアス美の方がよいじゃろ～？」

アス美は人の気も知らず、哀願を続けてくる。

まるで幼女が大人に甘えるような仕種で、頬《ほお》ずりしてくる。

ケンゴーの股間のキワドい部分へ、ズボンの上から。

「やめいっっっ」

「ええ～、なんで～？　キモチよくない～？」

（下手に気持ち良いから困るの！）

ケンゴーはまるで乙女《おとめ》のような仕種で股間のキワドい部分を両手でガードし、アス美のすりすり攻撃から逃れようとする。

さらにはルシ子の、当意即妙の掩護《えんご》支援がそこへ！　アス美の脳天をわしづかみにすると、右手一本で大根でも引っこ抜くようにして連れていってくれる。

ルシ子はアス美の脳天をつかんで離さず、そのまま宙吊《ちゅうづ》りに。華奢《きゃしゃ》なはずの少女が人一人を片手で持ち上げているのも、幼女がぶら～んと吊り下がっているのも、なんともシュールな絵面《えづら》だった。魔力で身体能力を強化するのが得意な、魔族ならではの荒業である。

「好き放題やって、言ってくれたわね？」

「うむ。少し調子に乗ってしもうたと反省しておる」

吊られたままルシ子に凄《すご》まれ、アス美が真顔で返答する。

「じゃあアンタがアタシに取って代わろうとしたのも、戯言《たわごと》ってことでいいわね?」

「それとこれとは話が別じゃ。主殿との同伴は譲れん」

吊られたままルシ子にもっと凄まれ、しかしアス美は動じた風もなくころころ笑う。

「だったらどっちがパートナーに相応しいか、シ・ロ・ク・ロつけましょうかあああああっ」

「腕力はパートナーの資格と無関係だと思うのじゃルシ子っ」

ルシ子がつかんだアス美の脳天を万力で粉砕するように握り締め、アス美が激痛でジタバタもがいた。

「そこまでにしておいてやれ、ルシ子……」

中身二百歳超とわかっていても、幼女虐待みたいで見ていられず、止めに入るケンゴー。

上辺では「フン!」と不機嫌に鼻を鳴らしながらも、素直に言うことを聞いてくれるルシ子。

一方、アス美は痛めつけられた自分の頭をさすりながら、

「そろそろご決断してたもれ、主殿。妾《わらわ》かルシ子か、どちらがパートナーに相応しいか」

「えっっっ余が決めるのか⁉」

「それは当然じゃろう。もしもこの傲慢女を連れてゆこうものなら、恥をかくのは御身ゆえ」

「まあ当然よね。ロリを連れてってペド野郎って陰口を叩《たた》かれることになるのはケンゴーだし」

女二人が互いにディスり合い、視線で火花を散らす。

（こんなことならどっちも連れていきたくない……）

ケンゴーは内心、頭を抱えた。

ルシ子とアス美が寵を争い、いがみ合うのはいつものこと。ただ、今回はいつにも増して激しく、互いに譲らない。そんなにパーティーに出席したいのだろうか？　ムキになる理由でもあるのだろうか？

（なんとかならんか、レヴィ山……？）

と、さっきから傍観者に徹しているチャラ男に目で助けを求める。

レヴィ山は場の空気を読み、褒め殺しスキルを駆使して仲裁する達人で、普段ならとっくにルシ子たちを執り成してくれていそうなものなのに。これまた今回はどうしたことか？

果たしてレヴィ山は苦笑いで答えた。

「申し訳ありません、我が君。お助けしたいのはやまやまなんですけどねー。これぱっかは当事者以外が下手に介入しても、火に油を注《そそ》ぐだけで。それに陛下がバシッとご決断される方が、男振りってもんですよー」

（くっっ達人の言葉は含蓄が深いっ）

正論に叩き伏せられるケンゴー。

しかし、だからと言ってヘタレチキンがいきなり剛毅《ごうき》な決断をくだせるわけもなく、内心ウンウン思い悩む。

（神様……俺、なんか悪いことしましたか……？）

半ば天を恨み、半ば天に救いを求める心境で、シャンデリアがぶらさがる天井《てんじょう》を仰《あお》ぐ。

と――


「誠に恐縮ですが、同情を禁じ得ませんな、我が陛下《マインカイザー》」


――そのシャンデリアのすぐ隣に、何者かが逆さにぶらさがっていた。

より正確には天井を床代わりに、あべこべな状態で立っていた。

すこぶるつきの女体を軍服でラッピングした美人だ。いったいいつからそんなところで、こんなポーズをしていたのだろうか？

誰あろう、「強欲」の魔将マモ代である。

「ルシ子といいアス美といい、畏れ多くも我が陛下《マインカイザー》に対し奉《たてまつ》ってのワガママ放題、まったく度し難《がた》いことです。栄えあるはずの七大魔将も、地に落ちたものだ。これが僚将《りょうしょう》かと思うと、小官の方が情けなくなりまする」

天井から指揮鞭《しきべん》をルシ子とアス美へ交互に突きつけながら、マモ代は嘆かわしげにする。

「こやつらがどうしてこうも我が陛下《マインカイザー》との同伴にこだわっておるか、その卑《いや》しい魂胆にお気づきでしょうか?」

（あ、それ知りたいやつぅ）

「ずっと社交界にご関心のなかった我が陛下《マインカイザー》が、初めてパーティーにご出席なさる。その記念すべき場に同伴される女は――すわ将来の正妃候補かと、周囲の目には否《いや》が応《おう》にも映りましょう。こやつらはその風評を以《も》って既成事実と成そうと、そういう腹積もりなのですよ」

「「ギクリ」」

マモ代の指摘が図星を衝《つ》いていたのか、ルシ子とアス美は一様に肩を震わせた。

「どこまでも浅ましい女だな、ルシ子。この『強欲』をして呆《あき》れさせられるぞ」

「ちちちち違うわよ！　アタシは正妃の座なんてこれっぽっちも狙《ねら》ってなんかないわよ！　ケンゴーの方から結婚してくださいって頭下げてくるなら考えてあげなくもないけど！」

「アス美。貴様は常日頃《つねひごろ》から、正妃の座にはこだわらぬと嘯《うそぶ》いているが、本音はこれか?」

「妾とて女じゃ！　勝機《わんちゃん》があったら狙わずにいられぬわ！」

「フン、語るに落ちたわ」

マモ代は心底、軽蔑《けいべつ》した目で二人を見下ろす。

そして一転、恭しい態度になってその場に（つまり上下逆さまのまま天井に）ひざまずくと、

「我が陛下《マインカイザー》――いっそこのマモ代を同伴なさるというのは、如何《いかが》でしょうか?」

「えっっっおまえを!?」

「別に小官は生涯独身宣言をしておるわけではないのですが、周囲からはそう目されております。ゆえに小官のような鉄の女を同伴しても、あくまで秘書代わりのようなもので、誰も正妃候補だとは思いますまい。畏れながら社交儀礼や作法の類《たぐい》に不慣れであらせられよう陛下のフォローも全て、このマモ代にお任せください。ええ、それくらいのこと、別にそこの乳兄妹《ちきょうだい》でなくとも完璧に補佐してご覧に入れまする」

マモ代らしい理路整然たる口調でのプレゼンだった。しかし、

（まさかマモ代まで立候補してくるとは意外な……）

ケンゴーは咄嗟に返答できない。

これが戦場のことならば、武勲《ぶくん》を立てるためにマモ代が自己主張をするのはいつものことだ。しかし、たかが男爵の誕生パーティーに出席する程度の余暇で――そう、さほど手柄にもならない秘書役を買って出てくれるとは、思ってもみなかったのだ。

「せこい点数稼ぎはアンタの得意技だけど、それにしてもみみっちいこと言うわね……」

「今までのぬしならば、こんな労ばかり多い些末事《さまつごと》など知らん顔して、所領経営にでも熱を上げておったろうに……」

どういう風の吹き回しかと、ルシ子とアス美も怪訝《けげん》顔だった。

「フン。点数稼ぎと謗《そし》られようが、ただただ我が君の寵愛《ちょうあい》を独占したい一心だ。これもまたな」

マモ代は天井にひざまずいたまま、冷淡に二人へ反論した。

かと思えば、急に頬を赤らめて――

しかも切れ味抜群の才媛とは思えないような、たどたどしい口調になって――

「で、ですから、ええ、も、もちろんのこと我が陛下《マインカイザー》がお望みであれば、秘書としてではなく将来の正妃候補として振る舞うことも、小官は完璧に務め上げてみせまするがっ」

「えっ」

「えっ」

「えっ」

ケンゴー、ルシ子、アス美、三人一様にきょとんとさせられる。それくらいマモ代の台詞《せりふ》に意表を衝かれた。

しかも頬を薔薇色《ばらいろ》に染めた、その表情と来たらどうだ！　まるで乙女のような初々《ういうい》しさ、しおらしさ。マモ代がこんな顔になるところ、今まで目撃したことがない。

「おいおい、マモ代……」傍観者に徹していたレヴィ山まで、びっくりして口を挟まずにいられない様子で、「おまえさん、いつの間にそういうことになったの……？　どういう心境の変化なの……？」

「や、やかましいぞ、レヴィ山っ。ただただ我が君の寵愛を独占したい一心だと言っているだろうがっ。常日頃からそう言っていただろうがっ」

マモ代とは思えない歯切れの悪さで、もにょもにょと反論する。

「卑しくて浅ましい魂胆だったのはどっちよ、マモ代！」

「今さら主殿のご寵愛を本気で欲しくなっても遅いわ！」

「ハッ、常日頃から猛アピールしても相手にされない雑魚《ざこ》どもが、吠えるなよ！」

ルシ子とアス美が天井に向かって批難囂々《ごうごう》となり、マモ代も頭に血を上らせて言い返す。

事態が収まるどころの話かマモ代まで参戦し、いつものルシ・アス紛争よりも騒動が過熱してしまう。

(神様ああああ俺なんか悪いことしましたかああああああ⁉)

ケンゴーはもう魔王ぶっていられる余裕がなくなり、本当に頭を抱える。

と――

「……パーティー？　行く、行く。わたしもご馳走《ちそう》食べたい」

「これ以上ややこしくしないでくれえええええええええええええっっっ」

――廊下からやってきた「暴食」の魔将ベル乃に、ケンゴーは大声で叫んだ。

彼女はおっぱいもお尻もお身長もおっきい、食っちゃ寝て食っちゃ寝て、「さぞやすくすく育ったんやろなあ」と想像させる魅惑のボディと、童顔のギャップが堪《たま》らない美女だ。

しかも今日はどういうつもりか、城の女官たちのようにメイド服姿である。

というか、お茶を淹《い》れて戻ってきてくれた侍女たちと一緒だった。本来はケンゴーとレヴィ山のために用意されたのだろう盆の上の茶菓子を、先にぼりぼり食っていた。こんな粗相《そそう》するメイドさん普通おる？

「お。それはベル乃も我が君のパートナーに立候補ってことか？」

「……うん」

　レヴィ山がもはや傍観者というより観客みたいに面白《おもしろ》がった態度で問い、ベル乃が茶菓子を咀嚼《そしゃく》しながら首肯する。

　一方、ルシ子とアス美、マモ代は冗談じゃないとばかりの剣幕で、

「はあああ⁉　別にアンタは独りでパーティーに行けばいいでしょ⁉　ご馳走でもなんでも勝手にすみっこで貪ってればそれで満足でしょ⁉」

「……陛下も一緒じゃなきゃ嫌《や》」

「それで主殿も馳走もまとめて食ってしまおうという腹か、ベル乃！　なんと破廉恥《はれんち》な！」

「……アス美がそれ言う？」

「まったく見下げ果てた女だな。この欲張りの豚め」

「……マモ代がそれ言う？」

　三人に詰《なじ》られても、ベル乃は持ち前の「ぼへー」とした態度で受け流す。おおらかというよりは、茶菓子を味わう方が忙しそう。

「我が君……こいつぁそろそろ誰を同伴するか、ご決断なさった方がよさげですよ」

「このカオスの中でか⁉」

苦笑いで勧めてくるレヴィ山に、ケンゴーは信じられない想いで問い返す。

「ご心中はお察ししますけど、コレ時間が経《た》てば経つほど立候補者が増えて、無限にややこしくなるやつですよ」

「うっ確かに……」

さすが空気読みの達人の洞察に、ケンゴーは蒼褪《あおざ》める。

「わ、わかった……っ。余も腹を括《くく》った」

誰か一人を指名することで、選ばれなかった三人に遺恨《いこん》を残すのは恐い。だがレヴィ山の言う通りの状況になればそれこそ、恨まれる人数が増えていく一方である。今、勇気を振り絞るしかない。

「もちろん、乳兄妹のこのアタシよね！」

「ぜひ小官にご用命を、我が陛下《マインカイザー》」

「妾を選んでくだされば、小娘どもにはできぬご奉仕《さーびす》をして差し上げますぞ」

「……お腹《なか》空いた」

きっと自分が選ばれるはずだというルシ子たちの期待の眼差《まなざ》しが重い！

なけなしの勇気まで底突きそうになりつつも、ケンゴーは悲鳴のように決断を叫んだ。

「そうだ、ジャンケンで決めよう……！」

もうヤケクソだった。

「「「………………」」」

ルシ子たちが向けてくる期待の眼差しが、冷え冷えとしたものになったが仕方ない！

（いいでしょ別に！　パーティーに誰を同伴させるかで、人死にが出たり不幸が起きたりとかするわけじゃないんだから、責任から逃げたってっっっ）

ケンゴーは必死に弁明をくり返した。胸中で。

そんなヘタレチキン魔王の様子を見て、ルシ子はやれやれ顔。またマモ代やアス美たちも不承不承といった様子ながら、

「それが我が陛下《マインカイザー》の仰《おお》せならば、致し方ありませんな」

「ここは平和的且つ公平に、じゃんけんで決めるとするかのう」

「いいわよ、アタシは！　どうせ勝つのアタシだし！」

「……お腹空いた」

四人全員で向かい合い、後腐れなく勝負だという雰囲気になる。

なお例によってジャンケンは、ケンゴーが日本から持ち込んだ概念である。

元々この異世界《フォーミラマ》には存在しなかったゲームだが、「魔王好み」の一つとして昨今、急速に魔界に広まりつつあった。

ゆえにルシ子は当然、ケンゴーに近しい立場である七大魔将たちも、ルールは把握しているはずだった。


「さーいしょーは、グー」

ルシ子が手の甲に青筋が浮かぶほど握り締めた拳《こぶし》に、莫大な魔力を収束させた。

「「「じゃーんけーん――」」」

アス美が二本立てた指から妖気《ようき》を立ち昇らせ、マモ代が広げた掌《てのひら》の上に球状の闇を顕現《けんげん》させた。ベル乃は相変わらず緊張感ゼロで茶菓子を貪っていたが、こいつはこの「ぽへー」としたまま〝赤の勇者〟をボテくり回した前科を持つ怪力無双。

「「「「――ぽーん！！！！！」」」」

合図とともに一斉に、四将たちは四方から突撃を開始した。

魔力を宿したルシ子の拳が唸《うな》りを上げ、マモ代の掌から撃ち放たれた闇色の波動が広がる。

アス美のチョキは血に飢えた魔刃《まじん》めいた切れ味を持ち、ベル乃が無造作に振るったグーもまた大地を二つに割る威力を秘めていた。

己《おのれ》以外の全てをいざ討ち滅ぼさん……！

四者四様の超破壊攻撃が今、正面から激突す。


「ジャンケンってそういうルールじゃねえからあああああああああああっ」


否、激突する寸前、ケンゴーが割って入った。

咄嗟に防御魔法を展開しつつ、身を挺《てい》して四者四様の超破壊攻撃を受け止めたのだ。

「ほげええええええええええええええ」

まるで嵐《あらし》の渦中に放り込まれたような衝撃に蹂躙《じゅうりん》され、白目を剥《む》いて絶叫する。

絶大な魔力を振り絞り、計百九十二枚もの防御魔法陣を周囲に張り巡らせてなお、この威力！　四方から加わる凄《すさ》まじい圧！

もしケンゴーが防御魔法を極めていなかったら、一瞬で蒸発していただろう。

「いやあ、さすがは我が君だ」

髪はボサボサ、服やマントはヨレヨレになりつつも、奇跡的にかすり傷一つ負っていないケンゴーの姿を見て、レヴィ山が驚嘆する。

「仮にも七大魔将四人の猛攻を一身に浴びて平気でいらっしゃるのも、《四重《クアドラプル》六芒《ヘキサグラム》障壁八陣《エイトフォールド》》みたいな超高等魔法を一瞬で展開なさるのも、御身の他の何人《なんぴと》にも真似《まね》できないでしょうね！

いや、凄まじい。凄まじいとしか言いようがないです。マジ嫉妬を禁じ得ないですよ」

（そんなこと褒められてもマジうれしくない……）

まだ息も絶え絶えのケンゴーは、情けない顔のまま首を左右にした。

額《ひたい》の冷や汗を拭《ぬぐ》い、どうにか呼吸を整えて、女性陣一人一人を見回し、

「ルシ子、アス美、マモ代、ベル乃――おまえたちは皆それぞれに美しい。余にはもったいないほど魅力的な女性だと思う」

おためごかしではない全き本音で、噛《か》んで含めるように言う。

「しかしだからこそ、そんなおまえたちが醜くいがみ合う様を、余は見たくないのだ……」

果たしてその本心が伝わったのだろうか、

「い、言われなくてもアタシは完璧美少女に決まってるじゃない//////」

「じゃが主殿の口から褒められるのは、格別の心地よな//////」

「誠に光栄です、我が陛下《マインカイザー》//////」

「……お腹空いた//////」

ルシ子たちはてれてれと、皆一様に頬を赤らめた。

素直に矛《ほこ》も収めてくれた。

（いつもこうなら文句なしに可愛いのに……）

ケンゴーは胸を撫で下ろす。

とはいえ、まだ何も問題は解決していないのだが――

「今ちょっと思いついたんですけど、我が君」

「おお、名案か？　ぜひ聞かせてくれ、レヴィ山」

「アザール殿のパーティーは、四日に亘《わた》って開催されるそうなんですよ。だからルシ子たちが一日に一人ずつ順繰りに、我が君に同伴するというのは如何でしょう？」

「おお、良いではないか！　さすがはレヴィ山だ」

てっきり誕生パーティーなんてその日限りのことだと思い込んでいたので、ケンゴーにこの発想は出せなかった。

「ふむ……妾はそれで異存ないが、皆はどうじゃ？」

「四日全て我が陛下《マインカイザー》を独占したい……と言いたいところだが、まあここが落としどころか」

「完璧美少女のアタシは、アンタらの醜い争いに巻き込まれたくないしね！」

「……お腹空いた」

「よし、決まりだ！　後になってからやっぱ反対とか余はもう聞く耳持たぬからな！」

異議が出ないうちに、ケンゴーはめっちゃ早口になって決定する。

「これにて一件落着ですね、我が君」

レヴィ山がチャラ～くウインクしてくる。

彼のアイデアのおかげなのは間違いないし、いちいち手柄面しないのもこの青年の美点だ。

が、ケンゴーは内心でこう思わずにいられなかった。

四日やるって最初に言っとけよおおおおおおおおおおっ。

第二章　アザゼル夫妻

魔界でも南部に位置するアザゼル男爵領は、一足早い真夏日を迎えていた。

陽光も空の青も雲の白も、現在魔王城があるベクター王国より遥《はる》かに濃い。

そんな気持ちの良い晴天を、ケンゴーは屋敷三階の窓辺から見上げていた。

男爵領首都アッザの中心部に位置する迎賓館《げいひんかん》の、談話室《サロン》である。

この部屋といい建物自体といい――魔王城ほどではないが――内装は絢爛《けんらん》、調度は豪奢《ごうしゃ》、魔法による空調もばっちり効いていて、過ごしやすいことこの上ない。南国産のウェルカムフルーツも美味！

滞在中の宿泊所として、男爵の使いの者に案内された。それも本来ならば、招待客全員で広い一棟をシェアするところを、魔王様御一行だけで独占状態。さすが破格の待遇である。

ケンゴーの他《ほか》にルシ子《こ》、アス美《み》、マモ代《よ》、ベル乃《の》、レヴィ山《やま》と、さらに各自の世話をする侍女たちが数人ずつ、合わせてけっこうな大所帯で訪れたが、それでも寝室その他ダダ余って仕方ないほど。まさに贅沢《ぜいたく》な使い方だった。

しかも加えて、きらびやかなのはこの迎賓館だけの話ではない。

「男爵なんて木端《こっぱ》貴族の膝元《ひざもと》にしては、なかなか栄えた町じゃない！」

隣に立ったルシ子が、窓から首都の街並みを見下ろし、褒《ほ》めそやした。

なんとも尊大な物言い、上から目線だが、この傲慢《ごうまん》サンからすればこれでかなりの激賞だ。

そしてなるほど、アッザは町の規模こそこぢんまりとしているものの、区画も道もよく整備されており、家々はおしなべて小綺麗《こぎれい》で、立派な公園や劇場、公衆浴場の類《たぐい》も散見できた。

「ああ。民の暮らしぶりも裕福なものに見えたな」

迎賓館に来る途上、馬車から見た道行く人々の様子をケンゴーは思い返す。

誰も彼もが身なりがよく、幸せそうだった。ただ、妙にハーレム野郎というか、複数人の女性を連れ歩いてイチャイチャしているクソ男がいっぱいいたが。

「もともと四大実力者の一人として知られていたアザールですが、為政者《いせいしゃ》としての才覚もあったと専《もっぱ》らの評判です。爵位を継いだのはわずか五年前にもかかわらず、目覚ましいほどに領内の産業を発展させているとか」

侍女たちに館内を把握するよう指揮を執っていたマモ代が、さすがの事情通ぶりを見せる。

「えー……あー……その四大実力者というのは、いったいなんであったか……な？」

対照的に、魔界の事情をホント知らないケンゴー。

仕方がないのだ。帝王学もろくに叩《たた》き込まれていないし、魔王になって日が浅いのだ。優先的に憶えなければいけないことだけでも、頭がおかしくなりそうなほど多いのだ。

「魔界屈指、当代一流の強さを持つと目される上位四人を総称して、昔からそう呼ぶんすよー」

レヴィ山が口調こそ軽薄ながら、決してバカにするではなく丁寧に教えてくれた。

「ふむ……しかし魔界屈指というならば、七大魔将《おまえたち》がそうではないのか？」

「オレちゃんたちを除いた、トップフォーですねー」

「つまり、おまえたちよりは強くないと？」

「すみません、誤解を生む言い方でしたね。オレちゃんたちとタメ張るか、もしかしたらそれ以上に強いって一目も二目も置かれつつ、七大魔将ではない連中が四大実力者って呼ばれる慣習なんです」

（まぢかよ、そんな化物が実在すんのかよ……）

七大魔将たちのバカげたほどの強さを知っているケンゴーには、にわかに信じ難《がた》かった。

愕然《がくぜん》としていると、他のみんなも会話に加わって、

「そもそも七大魔将とは、世襲職ですゆえ。小官のマモン家をはじめとした七大公家の当主でなければ、どんなに強くとも就くことはできません」

「だからってアタシは生まれにあぐらをかいたことなんかないわよ！　ルシファー家の名に恥じないサイッキョーの実力を磨《みが》いてきたんだから！」

「こればっかかはルシ子の言う通りっすねー」

「小官ら現役《げんえき》の魔将七人に、我が陛下《マインカイザー》に側仕《そばづか》えするに値しない惰弱《だじやく》は一人もおりませせぬ」

「とはいえ魔界は広いからのう。魔将家の生まれでなくとも強い者はおるということじゃ。四大実力者の中ならば、妾《わらわ》の母上なんぞ特にそうじゃな。妾が逆立ちしても勝てぬし、未《いま》だに頭が上がらぬ」

レヴィ山と向かいで、ソファで寛《くつろ》いでいたアス美が首を竦《すく》める。

「あー、確かにアマイモン藩王《はんおう》は、中でも別格だよなあ。オレちゃんでも勝てる気はしねえわ」

「アタシだったら秒殺だけどね！」

「いやルシ子でも無理だろ」

「女傑の中の女傑だからな。遺憾《いかん》ながら、サ藤かベル乃でなければ手に負えぬだろうよ」

「……お腹空《なかす》いた」

マモ代はそう評したが、アス美の隣で絶賛フルーツ貪り中のベル乃は、まるで他人事《ひとごと》みたいな態度をとる。

（まぢかよ、恐いから近寄らんとこ……）

ケンゴーは心にそう誓う。

しかし今回のホストのアザゼル男爵は、四大実力者の一人なわけで。

早や誓いを破らねばならないわけで。

「失礼してよろしいでしょうか、ケンゴー魔王陛下」

恭《うやうや》しいノックとともに、件《くだん》の男が来訪を告げた。

「ご尊顔を拝し奉《たてまつ》り、恐悦至極にございます。男爵家当主のアザールと申します」

姿を見せるやサロンのすぐ入り口で、ひざまずいてみせる。

やや鼻につく挙措《きよそ》だった。慇懃《いんぎん》で、且《か》つ洗練されすぎている。

常人ならば壮年くらいの風貌《ふうぼう》。レヴィ山に負けず劣らぬ優男《やさおとこ》で、如何《いか》にも女にモテそうな甘い顔立ち。とても魔界屈指の戦闘力の持ち主とは思えない（魔族を外見で判断するのは愚かしいことだが）。

でも目力が強く、異常にギラギラして見えた。

実際、よほどの自信家なのだろう。魔王の前の礼儀として頭《こうべ》は垂れていても、どこか堂々たる態度である。続いてケンゴーの戴冠式を病欠したこと、以降も多忙で挨拶《あいさつ》に伺う暇《ひま》がついぞなかったことを丁重に詫びるが、全く悪びれてはいなかった。

ルシ子たちが、にわかに眉《まゆ》をひそめる。

「ははは、構わぬとも！」

だからケンゴーは剣呑《けんのん》な空気になる前に、鷹揚《おうよう》の姿勢を見せた（内心、焦《あせ》ったけど！）。

「聞けば、そなたも爵位を継いで日が浅いとか。立派な領主たらんと志すほどに、目が回るほど忙しいのは当然のことだ。うむ、王位を継いだばかりの余がまさにそうなのだから、そなたの事情も身に染《し》みてわかるぞ」

「おおっ……おお、陛下！　ご理解、誠に痛み入ります！」

アザールが顔を上げ、歓喜で声を震わせた。

別にお咎《とが》めがなかったことを、喜んでいるのではないだろう。そんな小物には見えない。

では何事かと注視すると、アザールは熱弁を振るいだす。

「今上陛下が如何に名君であらせられるか、遠くこの地にも伝え聞いてございます。そして、お噂《うわさ》に違《たが》わぬ御寛大さにこのアザール、敬服いたしました」

（……おべんちゃらには聞こえないな）

アザールの態度や口調が、やはり堂々としたものだったからだ。

「陛下のお察しの通り、臣は爵位を継いでからというもの、所領を富ませることに邁進《まいしん》しておりました。しかしそれは何も、当家が栄華を極めたいがあまりのことではございませぬ。全ては御身《おんみ》の如《ごと》く英明なる王に仕え、陰となく日向となくお支えしたい一心でございます。陛下のお力になるためには、一男爵にすぎない当家の財力では到底、足りなかったからでございます」

「む……」

話が思ってもみない方向に転がり出し、ケンゴーは軽く目を瞠《みは》る。

一方、アザールがケンゴーを見る目の光もまた、より一層炯々《けいけい》としたものとなっていた。溢《あふ》れ出んばかりの野心で、ただ瞳《ひとみ》をギラつかせているだけではない。「御身こそ探し求めていた理想の王！」と、目の全てを使って訴えかけるような眼差《まなざ》しだった。

アザールはなお滔々《とうとう》と主張を続ける。

「お陰様をもちまして、当家の蔵には唸《うな》るほどの財貨が貯まってございます。いよいよ世界征服にご着手あそばしました今上陛下の覇業に、ぜひ当家もご協力いたしたく！　戦《いくさ》ともなれば、何かと御入用かと存じます。金穀物糧、お望みのままに供出させていただく用意がございます。そして、叶《かな》うことならば陛下の陣幕の末席に、このアザールをお加え賜《たまわ》りたく！　七大魔将の閣下方にも決して引けをとらぬ、槍《やり》働きをお約束いたしまする」

「う、うむ。そなたの忠節はうれしく思う。余も考えておこう」

アザールの長広舌はまだ続きそうだったが、ケンゴーは遮《さえぎ》るように口を挟む。

この才気走った男爵が、七大魔将より武功を立ててみせると豪語した途端、ルシ子やアス美、マモ代の殺気が膨れ上がったのを感じたからだ。

アザールも別に挑発する気はなかったというか、今この場で殊更《ことさら》に魔将たちと事を構えるつもりはないのだろう。

「御意《ぎょい》。色よいお返事を、伏してお待ちしております」

と空気を察して、サッとこの話は打ちきった。

「それでは改めまして、陛下。こたびは当家に御幸《みゆき》を賜り、感謝に堪《た》えませせぬ。何もない辺鄙《へんぴ》ではございますが、ご多忙極まる陛下の日々のご政務の慰みに、せめてごゆるりとご逗留《とうりゅう》あそばし給《たま》え」

「う、うむ。歓待、大儀である」

ケンゴーがねぎらいの言葉をかけると、アザールは深々と頭を垂れ、退室していった。

それを見て、我慢していたルシ子がたちまち激発する。

「何よ、アイツ！　傲慢な態度にもほどがあるでしょうが！」

「……ルシ子がそれ言う？」

「さもしくも我が陛下《マインカイザー》のご歓心を買おうと、いちいち媚《こ》び諂《へつら》う。佞臣《ねいしん》と言わざるを得んな」

「……マモ代がそれ言う？」

ベル乃が指についた果汁を名残惜しそうにしゃぶりながら、さほど興味なさげにツッコむ。

アザールの言動に腹を立てていないのは、彼女とレヴィ山だけだった。

ソファにごろんと寝転がったアス美もぷりぷりして、

「妾ら七将がおれば、魔王軍は万全じゃ。男爵風情《ふぜい》の出る幕などないわ」

「まあまあ、みんな。ここはオレちゃんに免じて、怒りを収めてくれよ。そりゃあいけ好かない奴《やつ》だけどさ、オレちゃんの妹婿《いもうとむこ》なんだよ」

一人、レヴィ山がアス美たちに向かって、拝み倒すようにする。

受けてアス美が、さすが二百歳《オトナ》の態度を見せ、

「後で奢《おご》れよ、レヴィ山。とびっきりの美少年か美少女をのう」

「そこは酒じゃないんかよ……」

アス美はブレないねえと、レヴィ山はおどけつつも感謝の目を彼女に向けた。

こうなってはルシ子とマモ代も矛《ほこ》を収めるしかない。

ただ、ルシ子の方はまだ頰《ほお》をふくらませて、アイコンタクトをとってくる。

(で？　アンタはどうするわけ？)

(どうする……とは？)

(あのアザールって奴、直臣に取り立てるの？)

(ああ！　本人の手前で考えるとは言ったけど、最初からそんなつもりはねえよ)

(そうなの？　アンタの性格なら、味方が増えて喜んでるかと思った)

(そりゃ俺《おれ》は敵を作るのが嫌な性分だし、味方ならなんでも歓迎だよ？　でも必要もないのに重用するのは、話が違うしなあ)

(仮にも四大実力者の一人よ？　アタシに敵《かな》うとは思わないけど、役に立ちそうよ？)

(有能だからこそ、俺がヘタレチキンだってバレた時が恐いんだよ。ウッキウキで厄介《やっかい》なクーデター起こしそうじゃん？　傍《そば》に置いたらそれだけバレる可能性増えるじゃん？)

(あー……)

ルシ子がこれ以上ないほどの納得顔になった。

こっちは七大魔将たちだけでも既に持て余してるの！

わかって！

(まあだから上手《うま》くあしらうっつか、適切な距離でおつき合いしていければいいなあ、と)

（なるほどね！　戦費をしゃぶるだけしゃぶって、後はポイーと。アンタも魔王らしくなってきたじゃないの）

――言い方ぁ！

†

アザールが退室した後しばらくして、再びノックの音が聞こえた。

なんとも控え目な、おずおずとした音だ。

「あの……失礼してよろしいでしょうか、陛下……」

廊下からかけられた声もまた、楚々《そ そ》というかおどおどとした女性のものだった。

ハテ誰だろうかと、ソファで寛いでいた皆で顔を見合わせる。

入室を促し、現れたその女性の姿を見て――ケンゴーはぎょっとなった。

真《ま》っ新《さら》のドレスの上に、薄手でフード付きのカーディガンを羽織っていて、顔をすっぽりと隠していたからだ。めっちゃ不審人物だったからだ。

「久しぶりだな、シトレンシア！」

と席を立ったレヴィ山が呼びかける。

ケンゴーはそれが彼の異母妹の名前だと思い出すのに、少しかかった。

「はい、お久しぶりです、リヴァイ兄さま。……あ、今はレヴィ山兄さまとお呼びすべきでしょうか……?」

異母兄のレヴィ山に対しても、シトレンシアはどこか緊張した様子で答えた。

「ハハッ、おまえだったらどっちでもいいけど……そうだな。できればレヴィ山と呼んで欲しいな。我が君がくださった大切な名前なんだ」

「わかりました、レヴィ山兄さま」

心温まるような兄妹のやりとり。

横で聞いて、ケンゴーは少しいたたまれなくなる。というのも、日本人的には「レヴィ山」はファミリーネームの語感なので、「兄さま」という敬称をすぐ後に付けると違和感がひどい。

かといって「深く考えもせずテキトーにつけた愛称なので、変更してもいいですか?」などと今さら言い出せるわけもない。

「しょ、紹介してくれないか、レヴィ山」

笑顔が引きつらないよう気をつけながら頼む。

レヴィ山がシトレンシアをソファまでエスコートし、マモ代とアス美が気を利《き》かして席を移動し、空いたケンゴーの対面に兄妹が腰を下ろす。

「お初にお目文字いたします、ケンゴー陛下」

「オレちゃんの腹違いの妹で――」

「アザールの妻、シトレンシアと申します」

「オレちゃん同様、可愛《かわい》がっていただけるとうれしいっすねー」

「うむ、苦しゅうない」

ケンゴーは大いにうなずいてみせた。

相手がレヴィ山の妹だからというだけではない。シトレンシアはどうやら気の弱い女性のようで、ガチガチに硬くなっていたからだ。親近感が湧《わ》いたからだ。

一方、マモ代はレヴィ山の妹相手だろうと遠慮なしで、

「そのフードはいつまでかぶっているつもりだ？　我が陛下《マインカイザー》の御前であるぞ」

と初対面から当たりがキツい。

「も、申し訳ございませんっ」

「ちょいワケアリで、シトレンシアは人前に出る時はいつもこうなんだよ。他意があるわけじゃないんだよ」

「ハッ、我が陛下《マインカイザー》に無礼を働くほどの御大層なワケアリならよいのだがな」

「まあそう目くじらを立てるな、マモ代。常より余の立場を慮《おもんぱか》ってくれる、おまえの気持ちはありがたいがな」

「……出過ぎたことを申しました」

内心、納得はいってないだろうが、忠義者のマモ代は顔色を消すと引き下がってくれた。

「というわけだ。フードのことは気にするな、奥方殿」

「陛下がお優しくてよかったなー」

「は、はい、そうですね、レヴィ山兄さま。ご厚情感謝いたします、陛下」

フードの下、ぎこちなく微笑《ほほえ》むシトレンシアの口元だけが覗《のぞ》く。

その強張《こわば》った笑みは初対面のケンゴーにだけでなく、レヴィ山にも向けられていた。

ルシ子も気づいたか、じっとシトレンシアを見つめた後、

「なんか兄妹同士なのに雰囲気、硬くない？」

とストレートに訊《たず》ねる。

「腹違いって言っただろ？　おいそれと会いに行けない事情があるんだよ。だから久々すぎて、気後れするのもしゃーないわけ！　チャラ男のオレちゃんはともかく、こいつは大人しいから」

「レヴィ山兄さまは筆まめでいらっしゃるので、日頃《ひごろ》から何かとお手紙をくださるんです。それでお人柄は存じているのですが、いざお会いできると緊張してしまって……」

「実際、何年ぶりだっけな？　おまえの結婚式も出られなかったもんなー。ごめんなー？」

「お気になさらないでください。レヴィ山兄さまのお立場なら、仕方ありませんから」

どこか遠慮の垣間見《かいまみ》える兄妹のやりとり。

でも、本当はもっと仲良くなりたいという気持ちがお互いから窺《うかが》えた。レヴィ山は元よりシトレンシアにますます好感を抱いた。だからこそケンゴーには二人の距離感がもどかしくて、

「であらば、今回は兄妹水入らずですすごす良い機会ではないか」

などとエラソーに提案してみる。

普段、苦労ばかりさせられているのだから、こういう時くらい魔王の権威を使ったっていいだろう。

「お心遣い痛み入りますよ、我が君」

レヴィ山が屈託《くったく》のない様子で笑い、シトレンシアも隣で淑《しと》やかに微笑み、

「実は夫からもそうするよう言われております。それに陛下と皆様がご滞在中の間は、私めがお世話するようにとも。ですので皆様、何か御用の際にはご遠慮なく、私めにお申し付けくださいませ」

「うむ、世話になるとしよう」

ケンゴーも笑顔で応《こた》え、シトレンシアとの挨拶は和やかなムードで終わった。


「我が君にはお話ししたけど、オレちゃんもシトレンシアも妾腹《しょうふく》なんだよ。違うのはオレちゃんがレヴィアタン家の生まれで、あいつはシトリー家の生まれってこと」

シトレンシアが退室した後、レヴィ山が皆に説明を始めた。

マモ代とアス美は訳知り顔で、ベル乃は例によって関心なさそうだったが、ルシ子は興味

津々だった。正直、ケンゴーも同じ想《おも》いだ。

「まあ、レヴィアタン家の正妻さんはできた人だったし、オレちゃんの立場がないってことはなかった。実際、今じゃ当主になれたわけだしね。でもだからこそ、オレちゃんは正妻さんのことを尊敬してるし、蔑《ないがし》ろになんかできない。実の母ちゃんが恋しくなった時がなかったって言えば嘘《うそ》になるけどさ、正妻さんの気持ちを考えたら会いになんていけなかった」

レヴィアタン家の先代夫人は、レヴィ山のことを実の子のように扱った。ならばレヴィ山もまた先代夫人を実母のように思わなければ、義理が通らないということだろう。

「逆に妹は、シトリー家でほとんど立場がなかったらしい。本人から弱音を聞いたわけじゃないけど、向こうの正妻や実子らにさんざんイビられたらしい」

「なるほど、事情が見えたわ」

ルシ子の言葉に、ケンゴーもうなずく。

実母と縁を切らねばならなかったレヴィ山は当然、他家で生まれた妹に会いに行くことも躊躇《ためら》われただろう。

妾腹の子として立場が弱かったシトレンシアは当然、他家で生まれた兄を歓迎する自由も持ち得なかっただろう。

何より二人の生母を側室として迎えたシトリーの当主からすれば、自分とは血縁のないレヴィ山が、家族面《づら》してシトレンシアの周りをうろつくのは目障《めざわ》りだろうこと想像に難くない。

兄妹にもかかわらず、おいそれと会うことができなかったというのも納得だ。

「ただでも、手紙のやりとりはしていたのだろう？」

「うちの正妻さんが、シトレンシアが向こうでいじめられてるって聞きつけて、生まれた子に罪はないからって、兄として励ましてやれって、そう言ってくれたんすよー。だからオレちゃん、魔法を使ってコッソリ手紙を送りつけることにしたんすよー。普通に出しても、あっちの家人に破り捨てられるのがオチですからねー」

「なに。ではまさか一方通行なのか？」

「妹はシトリー家の厳重な監視の目をぐぐって手紙を送れるほど、魔法が巧《うま》くはないですんで」

なるほど確かに、後の七大魔将たるレヴィ山だからこその芸当だ。

一方で、新たな気がかりが湧いてくる。

「妹御は、幸せな結婚ができたのか……？」

家での立場がそれほど弱いものなら、自由恋愛など許されたのだろうか？　ケンゴーの脳裏を「政略結婚」や「お家の道具」といった、不穏な単語がよぎっていく。

レヴィ山は頭をかきかき、

「えー、ですからまー、我が君のお察しの通りですよ」

重たい話を、軽薄な口調で答えた。

その胸の内まで軽薄なものだとは、ケンゴーは思いたくなかったが。

また黙って聞いていたアス美が、言いにくいだろうレヴィ山に代わって、

「庶子でも構わぬから娶《めと》ってシトリー家と縁故を結びたいアザール殿の思惑と、四大実力者に数えられるほどの気鋭を身内コレクションに加えて悦に浸りたい老シトリーの見栄《みえ》が、絡《から》んだ結果の婚姻《こんいん》じゃと小耳に挟んだことがございますな」

「どいつもこいつも俗物極まれりね！　はーダッサ。この『傲慢《プライド》』の魔将みたいに誇りってものはないのかしら」

「……お腹空いた」

「だが、どこにでも転がっている話だ。弱肉強食は魔界の習いだ。家の道具にしかならんほど、弱い方が悪い。小官は同情しようとは思わないな」

「待ってくれよ、マモ代～。うちの妹は優しい子なんだよ。おまえさんみたいに触れれば斬れるサーベルみたいな奴じゃないんだよ」

喧々諤々《けんけんがくがく》、魔将たちが好き勝手に言い合う。

ケンゴーはしばし参加する気になれず、口元をきゅっと引き結んでいた。

それに気づいたレヴィ山が、

「あっはは、我が君が思い詰めることじゃないっすよ～。も～情け深いんだから～」

わざとらしいほど軽いノリで言ってくる。

気遣われるべきはレヴィ山の方こそなのに、黙りこくっていたケンゴーの心情を酌《く》んで、慰

めてくれたのだ。

「政略だからって、必ずしも不幸な結婚じゃないっすよ。アザール殿があいつを大切にしてくれるって、オレちゃんは信じてますよ」

「それは……そうだがな」

ケンゴーは口を濁す。

夫婦の問題など外野がどうにかできる話ではないのだから、そう信じなければやってられない——レヴィ山の不憫《ふびん》な心の声が聞こえてくるかのようだった。

(俺もアザゼル家とのつき合い方を、もう一回考え直すべきかもな……)

少なくとも、アザールに奥方を大事にするよう言って無視されない程度には、関係を深めてもいいかもしれない。アザール自身は鼻持ちならない男だったが、シトレンシアは親しみや好感の持てる女性だったのだから。

とはいえ、これ以上あれこれ考えたところで埒《らち》は明かない。

「せっかくだからな。逗留中はレヴィ山も余らに遠慮せず、妹御と積もる話をするといい」

そうすればシトレンシアの結婚生活がどんなものか、見えてくるものがあるだろう。

いや、空気を読む達人のレヴィ山のことだ。ケンゴーに言われるまでもなく、最初からそんなつもりだったかもしれない。

「御意です。でも、我が君もオレちゃんたちに遠慮せず、あいつの世話になってやってくださいね。そんで可愛がってやってくださいね」

「はは。わかっておる、わかっておる」

ケンゴーも一旦《いったん》は意識を切り替え、軽い気持ちでうなずいた。

そして実際この日の晩に、シトレンシアに大変な「お世話」をされることになるのだが――

†

晩餐《ばんさん》は早めの時分に振る舞われた。

ケンゴーらには長旅の疲れがあろうから、今夜はよく寝《やす》んで、明日から始まるパーティーに備えて欲しいというアザールの気遣いだった。

同様に、晩餐にはシトレンシアのみが同席し、今日のところは身内だけで気兼ねのない食事をとれるようにと、これも彼の心配り。

「さすが如才《じょさい》ないことだな」

とマモ代が皮肉るほどだった。

献立は方々から取り寄せた山海の珍味を尽くしたもので、特に山羊《やぎ》のチーズを使った料理が絶品だった。峻険な山岳地帯が広がるアザゼル男爵領では昔から、家畜といえば山羊の飼育が盛ん。熟成の進んだ独特の風味と塩味《しおみ》が強いチーズを、粉状に削って卵黄ソースのパスタに和えたり、塊《かたまり》のまま挽《ひ》き肉で包んで焼き上げたりするだけで、得も言われぬ特別な皿になったように思えた。ピザのような郷土料理も◎。

もちろん山羊は、肉の方も饗された。とりわけ腸詰にして焼いた物などは、ルシ子とお代わりを所望したほどだった。豚のソーセージより歯応えもクセも強いが、その分、肉を食らい噛《か》みしめている感があり、心躍らされた。一緒に地場物の香草もたっぷりと詰められていて、異国情緒にも溢れた一品だった。

充分に舌鼓《したつづみ》を打ち、満腹となったところで、ホストの勧めに従い早めにベッドに入る。

迎賓館内の寝室はいくらでも余っているから当然、一人で一部屋使う。

ケンゴーが宛がわれたのは、中でも最も豪奢な一室だ。侘びた香りのするアンティークの調度類、寝返りを連続十回打っても平気な大きな寝台、仮に東京のホテルだったら一泊何十万するだろうかという贅沢空間。

ただ料理と違い、こちらの方には感銘を受けなかった。魔王城でケンゴーが普段使っている寝室の方が、遥かに広くて絢爛だからだ。

(俺も知らず知らずのうちに、魔王サマの生活感覚に慣れてきてんだなあ)

旅先の夜、ベッドで大の字になって、しんみりと思い耽《ふけ》る。

長くは続かなかった。移動疲れが、心地よいまどろみにいざなってくれたからだ。

どれほど熟睡していただろうか？

「陛下……お寝みのところ失礼いたします……」

――と。

おずおずとした声をすぐ傍からかけられ、ケンゴーは目を覚ます。

寝惚《ねぼ》け眼《まなこ》を動かすと、魔力を光源とする仄暗《ほのぐら》い夜光灯に照らされた、女の姿があった。

フード付きのカーディガンで、顔を隠している。

（ファッ⁉　なんでシトレンシアが⁉）

驚きのあまり眠気など一発で吹っ飛んでしまう。

「こんな夜分に申し訳ございません、陛下……」

「そ、それは構わぬが、奥方殿が一人で男の寝室を訪ねるのは、あらぬ誤解を招くと思う。男爵が知れば、快《こころよ》く思わぬであろう」

「そのアザールに命じられて……罷《まか》り越した次第です」

（ファッ⁉　なんで男爵が⁉）

驚きに次ぐ驚きで固まっていると、追い打ちのように三度目の衝撃を食らう。

シトレンシアが、カーディガンごとフードを脱ぎ下ろしたのだ。

初めて露《あら》わになる美貌《びぼう》。

金色の髪は、星明かりが落ちてきてそこに集まり、腰まで流れていくかのように煌《きら》めいていて。

憂《うれ》いを湛《たた》えた瞳の色は、月明かりでできているかのように碧《あお》く澄んでいて。

貞淑《ていしゆく》で、楚々とした物腰のシトレンシアの、しかし褐色の肌はなんとも艶《なま》めかしく、唇はドキッとするほど肉感的だった。

「ちょ、ちょ、ちょ……」

ケンゴーは戸惑うあまり舌がもつれ、制止の声を出せない。

しかもシトレンシアは、カーディガンの下には透けるように薄い夜着一枚をまとうだけ。それさえもストンと脱げ落ちて、男好きのするグラマラスな肢体《したい》がケンゴーの網膜にさらされた。

(ファッ!? なんで脱ぐ!?)

四度目の、爆弾みたいな衝撃。驚愕《きようがく》。

目で問えどシトレンシアは何も答えず、おっかなびっくりベッドに上がってくる。

意を決したようにケンゴーの隣へ身を横たえ、柔らかな女体の全部を押しつけるように抱き着いてくる。

「お、奥方殿……。これはいったい、い、如何なる仕儀であろうか……?」

ケンゴーは震え声になって確認した。

先に彼女を突き放すべきだったであろう。あるいは女性に乱暴を働くのを避けるならば、自分が一目散に逃げ出すべきだった。

しかしヘタレチキンのケンゴーには、咄嗟《とつさ》にそれらができなかった。驚きと緊張ですっかり縮こまっていた。寝巻の上から胸板をさするシトレンシアの、なすがままになっていた。

「ああ、陛下……いと慈悲深き今上陛下……どうか何も仰《おつしや》らず、私めと一夜をともに……」

とても本意とは思えない心苦しそうな声音で、レヴィ山の妹は、そしてアザールの妻は、懇願してくる。

――そして時は、冒頭へとたどり着く。

第三章　人妻はお好きですか？

ベッドの上、生ける石像と化したケンゴーと、夫の命だからと迫るシトレンシア。

貞淑《ていしゅく》な性分なのだろう彼女は、気後れや生身の男と接する戸惑いを、最初こそ隠せない様子だったが――ケンゴーと睦言《むつごと》を交わし、また初々《ういうい》しい接吻《せっぷん》を重ねるごとに、だんだんと躊躇《ちゅうちょ》というものがなくなっていった。ガチガチに緊張しっぱなしのケンゴーとは対照的に、徐々に余裕や茶目っけを出していった。

「ふふ……。唇と違って、男の人の胸は逞《たくま》しゅうございますね。……それとも、これも陛下が特別なのでしょうか？」

寝巻のはだけたケンゴーの胸元《むなもと》に、ぴったりと頬《ほお》を寄り添わせたシトレンシアが冗談めかす。

ケンゴーの目の前、それも超至近距離で、褐色の美女がしっとりと微笑《ほほえ》む。

「他《ほか》の男の大胸筋の厚さなど余も知らぬが……」

それこそ旦那サンの胸板はどうなのよ？

ツッコミそうになるのを、ケンゴーはぐっと吞《の》み込んだ。

ケンゴーの心臓の上に耳を置いていたシトレンシアは――だからというわけではあるまい

が――こちらが濁した言葉を察したようだ。

「私めとアザール様は形の上でこそ夫婦《めおと》でございますが、本当の夫婦関係とは言えません」

「なにっ、それはどういう……」

「祝言をあげる前にも後にも、夫は私めに指一本触れたことがないのです」

「そ、それはそなたのことを真に大切に思っているから……では？」

彼女を宥《なだ》めるためにそう言いつつも、ケンゴーは自分自身まるで信じていなかった。

「今宵、私めの貞操を陛下に捧げよと命じた、ひどい夫ですのに？」

「………………」

まったくシトレンシアの言う通りだった。反論の余地がなかった。

思い返せば昼間のこと。アザールはシトレンシアを伴わず、一人で挨拶《あいさつ》に現れた。このたびのパーティーは彼の誕生日記念であると同時に結婚五周年記念だというのだから、余計にでも夫婦で挨拶に現れるものではないだろうか？

アザールとシトレンシアがまともな夫婦関係にないことは、あの時点で察するべきだったのかもしれない。あるいは、レヴィ山《やま》は既に察していたかもしれない。

「…………っ」

ケンゴーは声を失う。

結婚経験もなければ、前世今世を通じてカノジョすらいたことのない自分では、かけるべき言葉を見つけられなかった。気の利《き》いたことも慰めも、咄嗟《とっさ》に思いつかなかった。

そんなケンゴーに、シトレンシアは、

「……申し訳ございません。陛下に八つ当たりをするのは、筋ではありませんね」

決して困らせるつもりはなかったのだと懺悔《ざんげ》した。

「い、いや構わぬっ。いくらでも愚痴って欲しい。話だけでも聞かせて欲しい」

ケンゴーは慌《あわ》てて執り成す。

「何も面白《おもしろ》い話ではございませんよ？　……いえ、そもそも積もる話ができるほど、夫との接点がないのです」

「男爵は女性《にょしょう》に興味がないのであろうか。あるいは何か恨《うら》みがあって、憎んでいるのでろうか」

例えば幼少期のトラウマだのなんだので。

「……いいえ、あり得ません。夫は常に複数の愛妾《あいしょう》を囲っております。それを私めに隠しもしません」

「おお、もう……」

本当に政略のためだけに、形だけの婚姻《こんいん》を結んだということか。

ケンゴーはアザールという男について好感を抱くことは、永遠にないだろうと悟る。

（こんなに綺麗《きれい》な人を嫁さんにもらって、男爵はいったいなんの不満があるんだよ……）

信じられないという想《おも》いや禁じ得ない義憤、シトレンシアへの憐憫《れんびん》など、いくつもの感情が胸中で渦巻き、頭の中はグチャグチャになる。

　思わず彼女の綺麗な顔《かんばせ》に手を伸ばし、柔らかな頬に触れる。

「ああ、陛下……ケンゴーさま……。本当にお優しい方……。褥《しとね》に夜這《よば》うた私めを叱《しか》るどころか、慰めてくださるのですね……」

　ケンゴーが触れた手の上から、シトレンシアは自分の手を重ねて押さえるようにする。ケンゴーの掌《てのひら》の感触を、よりしっかりと頬で確かめようとする。しばし、うっとりとする。

　そして、

「お願いします……憐《あわ》れな女と思《おぼ》し召しならば、どうかこのまま抱いてくださいませ……」

　シトレンシアは頬の上で重ねていたケンゴーの手をとり直すと、今度は彼女の豊かな乳房の上で重ねて押しつけるようにする。

　ケンゴーは期せずして柔肉の官能的な感触をわしづかみにし、狼狽《ろうばい》させられた。

「あ、アザールのような不実な夫の言うことなど、もう聞く必要はあるまいっ」

「もう夫は関係ございません……私めがケンゴーさまのお情けを、頂戴したいのです……」

「余とそなたはまだ会ったばかりだというのにっ」

「ふふ、そうですね……。でも、私めはケンゴーさまのことをよく存じ上げております」

「なにゆえっ」

「……ふふ。それは申し上げることはできません」

秘密だと――褐色の美女はいたずらっぽく微笑んだ。

それから、乳房に押し当てていたケンゴーの手をもう一度とって、シトレンシアはその人差し指と中指をまとめて口に咥《くわ》える。ちゅぱちゅぱと水音を立てて、しゃぶる。

（うあああああ……）

指先に走る快感で、声にならない悲鳴を上げるケンゴー。

しとどに濡《ぬ》れた口内粘膜に、ねっとりと包み込まれていた。シトレンシアがちゅうちゅうと指に吸いつく動作に合わせて口内粘膜もいやらしく蠢《うごめ》き、愛撫された。

さらにシトレンシアはその舌先で、爪《つめ》の隙間《すきま》をくすぐってくる。まるでケンゴーの劣情を煽《あお》り、掻《か》き立てるように！

「ストップ！　ストォォォォォォォップ‼」

ケンゴーは意志の力を総動員して、彼女の口腔から指を引き抜く。

でも、それが限界。蛇ににらまれたカエルみたいに再び動けなくなる。

（い、いくら俺《おれ》がヘタレチキンでもこれはおかしいっ）

緊張でガチガチになっているからといって、ここまでされてまだ体が動かないものか？

一方でシトレンシアも小首を傾《かし》げ、

「ふふ、自分でも不思議です……。殿方とこうして肌を重ねるのは初めてなのに、どこをどうすれば殿方に喜んでいただけるのか、気持ち良くなっていただけるのか、ちゃんとわかります」

まるで魔性の女めいた台詞《せりふ》。

実際、そう言って微笑む彼女の瞳《ひとみ》は情欲に濡れ、てらてらと輝いていた。

憂《うれ》いを湛《たた》えた、貞淑で大人しい女の顔ではもうなくなっていた。

いっそ恐ろしいまでの色香に、ケンゴーは思わず生唾《なまつば》を飲み下す。

「ケンゴーさまもして欲しいことがあれば、なんでも仰《おお》せつけくださいませね」

シトレンシアは己《おのれ》の乳房やお腹《なか》、太ももをこすりつけるようにし、なお体重を預けてくる。

舌を伸ばすと、ケンゴーのはだけた寝巻から覗《のぞ》いた乳首に、丹念に這わせる。

「あひぃっ」

未知の快感を開発され、ケンゴーは情けない悲鳴を漏《も》らした。

と同時に、夕食前に聞いたレヴィ山の話を思い出さずにいられなかった――


「妹が素顔をさらせない事情を、知っておいていただきたいんですよ」

改めて非礼をわびたいと、レヴィ山は言った。

ケンゴーにだけでなく、談話室で寛《くつろ》いでいた一同へ向けられた言葉だった。

「妾腹《しょうふく》とはいえシトリー家の女じゃもの。妾《わらわ》と似たような話じゃろう、どうせ？」

ソファでしどけなくうつ伏せになっていたアス美《み》が、レヴィ山が何か言うより先に言う。

「さすがアス美はお見通しか」

「ま、妾も幼い時分は苦労させられたからの」

「……お腹空いた」

(俺だけ通じない話を、みんなで続けないで欲しい……)

シトリー家がどうこう言われてもわからない。

そんな顔をしていると、気づいたルシ子《こ》が教えてくれた。

「シトリーはアスモデウス家《みんち》と一緒でね、性愛に関する魔法を昔から得意としているのよ。異性をその気にさせて服を脱がさせたり、会ったばかりの男女を恋に落として両想いにさせたりとか、そういうの」

初心《うぶ》なルシ子は、事実を事実として伝えるだけだとばかりの散文的な口調だったが、頬が赤くなるのはどうしようもないみたいで、それがケンゴーには可愛《かわい》かった。

「ルシ子の言う通りじゃ。そして我が家やシトリーの者で、特に強い魔力を生まれ持った者は、望むと望まぬとにかかわらず異性を惹《ひ》きつけ、惑わせて、情欲を昂《たかぶ》らせてしまうのじゃ」

(あー……あれか)

かつてケンゴーのベッドに、アス美がこっそり忍び込んだ時のことを思い出す。

ベッドカバーの下に充満していたアス美の体臭は、まるでシャンパンのように華やかで、甘やかで、嗅《か》いだだけで●ん●んがおっきしてしまうほどだった。

「もっとも魔法の技を磨《みが》いておるうちに、自分で制御できるようになるのじゃがな」

アス美がケンゴーの傍《そば》まで、ソファの上を蛇のように這ってくると、証明するように手首の甲を鼻先へ突きつけてくる。

試しに嗅いでみると、確かにあの時のような妖《あや》しい匂《にお》いはしない。ち[redacted]ち[redacted]もおっきしない。

「幼い時分は大変だったというのは、そういうことか」

「うむ、主殿《あるじどの》。妾自身でも魔力を制御できず、いい歳《とし》をした男たちを手当たり次第に惹きつけてしもうて、もうメチャクチャじゃった。毎日が入れ食い状態じゃった」

（それは本当に苦労話なのか……？）

アス美ちゃんはえっちだ。

「うちのシトレンシアも同じで、もう目が合っただけでオトコをおかしくさせちまうんだよ。フードで顔を隠しておかないと大変なんだよ」

わかってくれよと、全員に向かって頼むレヴィ山。

「ハッ、アス美のように魔力を制御すれば、いちいち隠す必要などないだろうが」

しかし、マモ代《よ》は初顔合わせの時同様、批難の声を上げる。

「にもかかわらずレヴィ山の妹はいい歳をして、未《いま》だそれができぬというのだろう？　やはり同情には値せんな。我が陛下《マインカイザー》に無礼を働いていい理由にもならん」

「いやいや話は最後まで聞いてくれって」

レヴィ山が軽薄な仕種《しぐさ》で、マモ代に拝み倒すようにする。

「オレちゃんとシトレンシアの母ちゃんはさ、アプサラスだったんだよ」

「ほう、なるほどの」

「先代レヴィアタンや老シトリー――大魔族たちに次々と見初《みそ》められるのも、それなら当然か」

「……お腹空いた」

レヴィ山の告白を聞いて、一同が得心顔になる。無論、約一名を除いて。

(なあルシ子、アプサラスって何⁉)

(魔界東方にいる女ばっかの少数民族よ。アタシほどじゃないでしょうけどトンデモない美人ぞろいで、雲より高い山の上に住んでるから天女とか、そこの有名な湖の畔に村を作ってるから水の精とか呼ばれることもあるわ。時々、里に下りて男を誘惑して、た、た、精子《タネ》をもらって帰って、子孫を増やすの)

先ほど以上にカーッと赤面しつつも、律義に教えてくれるルシ子。

おかげでケンゴーもようやく得心がいく。

すなわち、シトレンシアは両親ともが誘惑に長《た》けた魔族という、サラブレッドなのだと。

「まあ、そういうことなら本人の努力如何《いかん》に依《よ》らず、制御するのは難しいかものう」

「わかった、わかった。専門家たるアスモデウスの当主がそう言うのなら、そうなのだろう」

マモ代はキツい性格だが、決して分別がつかないわけではないので、シトレンシアに対する批難の矛《ほこ》を収めた。

「とにかく、そういうわけです」

　一同の納得を得られたところで、レヴィ山が締めくくった。

「シトレンシアもね、子どものころからシトリーの正妻たちにさんざん**淫売の娘は淫売**とかって罵《ののし》られてきたみたいで。だから、人前で顔を出すのを恐がるんですよ。逆に言えば、あいつの方から素顔をさらすことはないですし、それさえ気をつければ人畜無害な優しい子なんで」

「あい、わかった」

　ケンゴーは大いにうなずいてみせ、ルシ子たちも皆それに倣《なら》った。


──という一幕があったのだ。

（レヴィ山あああっ。おまえの妹さん、素顔をさらさないんじゃなかったのかよおおおおお）

　緊張などとっくに失せ、しかしなお全身が硬直したまま、ケンゴーは胸中で悲鳴を上げる。

　ベッド上、褐色の美女の愛撫と奉仕のなすがままになる。

（いいいいいいかん、失敗やあ！）

　シトリーとアプサラスのサラブレッドを舐《な》めていた。

　アス美の時同様、おかしくさせられるといってもせいぜい、●ん●んがおっきして収まらない程度だと思い込んでいた。

まさか素顔を覗いただけで、逃げようにも逃げられなくなるとは！　目と目が合っただけで、ここまで魅入られてしまうとは！

（落ち着け俺！　おちゅちゅいて対処するんだ！）

あたかも素数を数えるように、この異世界《フォーミラマ》の魔法の原理を一個ずつ思い出していく。

そう――

魔力で目を凝らし、通常あり得ないほどの視力を得る。

また魔力を全身に巡らし、爆発的な怪力や敏捷性《びんしょうせい》を得る。

魔族ならば子どもでもできるこれらの能力もまた、魔法の一種に違いない。

ただし術式や触媒等の魔導を必要としない、ゆえに原始魔法と呼ばれるものだ。

そして、術式の類《たぐい》が存在しないがゆえに、ケンゴーが得意とする解呪魔法は通用しない。

シトレンシアが持って生まれた、異性を魅了する強力な原始魔法をディスペルすることは、理論上不可能なのだ。魔王だろうが天帝だろうが、何人《なんぴと》にも不可能なのだ。

（解呪が不能なら、やれることは決まっている……っ）

ケンゴーは魅了《チャーム》されて身動きとれないまま、魔力を高めて練り上げる。

そして、守護の力に変換すると両眼に込めて、こちらを見つめるシトレンシアの眼差《まなざ》しに含まれた、原始魔法を遮《さえぎ》ろうと試みる。

果たして効果は覿面《てきめん》だった。目の前でバシッと火花が散ったかと思うと、魅了の力を撥《は》ね除《の》けることに成功！　これで問題の根源は断つことができた。高めて練った魔力はそのまま、ケンゴーは立て続けに全身へと巡らせて、硬直状態から回復する。

（よっしゃ上手《うま》くいった！）

解呪魔法《ディスペル》同様に、ケンゴーが究めた防御魔法《プロテクション》と治癒魔法《ヒーリング》を駆使したのだ。

この生きづらい魔界を無事に生き抜くため、三種の魔法を研鑽《けんさん》した努力が、今日も自分を助けてくれる。

「許せ、奥方殿！」

体の自由を取り戻したケンゴーは、さらに魔力で筋骨を増強し、シトレンシアの体を優しく天井《てんじょう》へ放り投げた。

「きゃっ」という可愛い悲鳴とともに、人一人がボールのように宙を舞う。

その隙《すき》に上体を起こして、お尻《しり》から落下してくるシトレンシアを大切に膝上《ひざうえ》で受け止める。

咄嗟に身じろぎしようとする彼女を、背後から抱きしめて逃がさない。彼女のみぞおち辺りへ回した両腕に、彼女のたっぷりとしたおっぱいが載って、「オフゥ」と変な声が出そうになる。

だけどこれで、シトレンシアのえちえち攻撃（物理）も防ぐことができる。

「ご、ご無体です、ケンゴーさまっ」

訂正――シトレンシアがジタバタもがく動作で、膝に乗った彼女のぷるんぷるんのお尻がこすりつけられて、悩ましい気持ちと快感は続く。

「重ねて許せ、奥方殿っ。こうもしないとまともに話もできんっ」

「睦《むつ》み合いながらでも、ゆっくりと枕語《まくらがた》りはできますっ。夜は長いのですからっ」

「それがムリ！　余にはもうムリっ！」

「私めのような女には食指が伸びぬと仰せですか、あの冷たい夫と同じく！」

「断じてそのようなことはない‼」

段々とヒートアップするシトレンシアへ、ケンゴーも思わず大声になって叫んだ。

彼女が発する魅了の力は、今も防御魔法で完全カットしている。既に蝕《むしば》まれていた分も、回復魔法によって残滓《ざんし》もない。

その状態でもケンゴーは、シトレンシアのことを魅力的な女性だと感じている。ごく自然な、何物にも干渉されていない心の働きで、彼女を好ましく思っている。当然、偽《いつわ》ることのできない雄《おす》の本能でも、抱きしめた彼女の裸体に興奮を覚えている。

「だったらなぜ……。私めは構わないと申し上げているのに……むしろ愛して欲しいとお願いしているのに……」

震えるシトレンシアの声から、彼女が傷ついている様子が窺《うかが》えた。

だからケンゴーは、本心を語るしかなかった。隠したまま彼女を宥めすかすことができるほど、自分は口達者ではなかった。

左腕でシトレンシアを抱きかかえたまま、右手を彼女に見せつけるようにする。

それで彼女も気づいたようだ。

「……震えてるだろ？」

小刻みに揺れるその手を、シトレンシアはしばし見入った後、小さくコクンとうなずいた。

「緊張してるんだ。さっきまでは収まってたんだけど、こうやって裸の女の人をぎゅっと抱きしめて、ぶり返してるんだ」

「なぜ……どうして……」

「これを知ってるのはルシ子だけで、レヴィ山にも誰にも内緒にしておいて欲しいんだけど……本当の俺は小心者なんだ。しかも童貞だし、女の人のこと全然わからないし……どんな美人に迫られても、うれしさより先にビビっちゃうんだよ。ヘタレチキンなんだよ、俺……」

「ご冗談……ではなく……？」

よほど信じ難《がた》いのか、シトレンシアがしばし目を瞠《みは》る気配がした。

しかし、ケンゴーの震える手が、嘘《うそ》でも冗談でもないことを如実に物語っている。

やがてシトレンシアも納得できたか、全身を脱力させるように大きく嘆息をした。

緊張しているというなら、彼女もきっとそうだったのだろう。たとえ情欲と誘惑のサラブレッドとはいえ、まだ男を知らないという条件では同じなのだから。

「わかりました、ケンゴーさま。もう迫ったりいたしませんので、離していただけますか？」

「あ、ごめ」

腕の拘束を解くとシトレンシアは腰を上げ、ケンゴーと向かい合うように両手両膝をついた。

月光を集めたような妖しくも澄んだ瞳が、こちらの顔をじっと見つめている。

ケンゴーは困ってしまう。もう魅了の魔力はシャットアウトできているはずなのに、照れ臭くて赤面してしまう。

そのヘタレっぷりを確認して、シトレンシアはようやくクスリと笑ってくれて、

「納得がいきました、ケンゴーさま――お可愛い方」

肉感的な唇で、万感を込めるようにそう囁《ささや》くと、じゃれつくようなキスをしてきた。

「もう何もしないって言ったのにウソツキっ」

「女に恥をかかせたこと、これで帳消しにして差し上げます」

ケンゴーの抗議にシトレンシアはくすくす笑いながら、押し倒してくる。

「ナニコレ⁉　ナニコレ⁉」

「夫の手前、夜明けまで添い寝するだけです。陛下の伽《とぎ》をせよと命じられた、私めの立場も慮《おもんぱか》ってくださいませ」

「わ、わかった。俺も口裏を合わせるよ。俺が爆睡して揺すっても叩《たた》いても起きなかったから、仕方なく様子を窺ってたら朝になってしまった――そういう話にしとこ？」

確かに何も手は出してこないけれど、裸身のままぴったりと寄り添うように寝転がる褐色の

美女へ、しどろもどろに提案する。

「シトレンシアの初めてはケンゴーさまが奪ったと、喧伝《けんでん》してくださってもよいのですよ？」

「どうして⁉」

「先ほどルシ子さまのことがとても妬《や》けたので、僭越《せんえつ》ながら私めもルシ子さまを嫉妬《しっと》させてみたい一心です」

「ハァどゆこと⁉」

「こう見えて私めは、『嫉妬』の魔将の妹なのですよ？」

「レヴィアタン家の方の血は引いてないよね⁉」

物騒な冗談をくり返すシトレンシアへ、ケンゴーはツッコミ連発させられた。

おかげでもう完全に眼が冴《さ》えてしまって、ゆっくり寝《やす》むどころの話ではなくなってしまった。

まあ、そもそも裸の美女が傍にいて、熟睡できるほどケンゴーは豪胆ではないけれど。

一方でシトレンシアはすぐに、安心しきった顔で寝息を立て始めたけれど。

シトリーとアプサラスの、サラブレッドは伊達《だて》じゃなかった。

†

同刻、深夜。

見上げるほど巨大な水晶が、青白い光を独りでに放っていた。薄明りで、がらんとした地下の広間を照らしていた。

その傍《かたわ》らにアザールはテーブルを用意させ、読書に耽《ふけ》る。

人の気配がやって来ても、顔も上げない。

空になっていたテーブルのグラスに琥珀色《こはくいろ》の火酒《かしゅ》を注《そそ》いだのは、彼の執事である。

外見年齢は三十手前くらい。実年齢はその十倍を下るまい。つまりは百五十歳のアザールの、倍以上は生きている計算。よく気が利き、多方面に深い造詣《ぞうけい》も持つ、腹心中の腹心だった。

だが見た目には、髪を油で丁寧に後ろへ撫《な》でつけ、眼鏡《めがね》をかけていること以外に特徴らしい特徴はない。お仕着せの燕尾服《えんびふく》を着ていると、よけいに無個性に見える。

執事はお代わりを注ぎ終えると丁重に一礼し、どこぞへと消えていった。

アザールは礼も言わず、目で文字を追うのやめず、無造作にグラスへ手を伸ばす。

本来、舐めるように飲むアルコール度数の高い酒を、たっぷり口に含んで舌の上で転がす。

それが喉《のど》の奥に消え、胃の底を焼く。

アザールが新たな一口を求め、グラスに手を伸ばす。

と、その時だった。

また人の気配がやってきて――今度は本から顔を上げた。

席も立ち、現れた人物に会釈《えしゃく》をする。

「これはシトリー閣下。こんな遅くに斯様《かよう》な場所まで……夜の散歩ですかな？」

「せっかく遠路、足を運んだのに、宴《うたげ》に参加して終わりではつまるまい。婿殿《むこどの》自慢の魔法装置をぜひ一度、この老いた目で見ておきたくてな」

その男は巨大水晶をひたと見つめながら、呵々《かか》と笑った口調こそ老人のようだが、声も容貌《ようぼう》も若々しい。顔の彫りが深く、全身の毛穴から色気が滲《にじ》み出るような中年に見える。

外見年齢と実年齢の乖離《かいり》は魔族の常だが、シトリー家当主であるこのご老体は特に甚《はなは》だしい。何しろ二千歳に迫ろうというのだから。

「それとも婿殿としては、あまり見られて気持ちの良いものではなかったかな？」

「何を仰《おっしゃ》いますか！　義父殿に隠し事などございませんよ。一言かけてくだされば、ちゃんとご案内いたしましたものをと申し上げておるのです」

アザールは笑顔を作り、朗《ほが》らかな笑い声を作る。

この老人の不興を買うわけにはいかない。自分が継ぐまで吹けば飛ぶようだった男爵家とは違い、シトリーは権門だ。名門だ。魔将家と比べれば一段落ちるが、七代遡れば当時の魔王に系譜が行きつくという大侯《たいこう》家だ。

「どうぞ、心行くまでご覧になっていってくださいませ」

「うむ、そうさせてもらおう」

老シトリーは巨大水晶のすぐ傍までやってくると、しげしげと見上げた。

(まあ、どれだけ見たところで、術式を理解できるとは思わないがな)

アザールは笑顔の裏で嘲《あざけ》る。

なにしろこの水晶は、大勢の優秀な学者をかき集め、長年かけて研究させ、ようやく作り上げた魔法装置なのだから。まさに己《おの》が野心の結晶ともいうべきものなのだから。

「──時に婿殿、ワシの娘は息災かね?」

巨大水晶の手触りを確かめながら、思い出したように老シトリーが訊《たず》ねてくる。

「シトレンシアなら今ごろ、魔王陛下のお褥にいるはずですよ」

アザールは全く悪びれることなく答えた。

「ほう、なるほど。ははは。アレをそう使うか」

老シトリーは実の娘に対するアザールの仕打ちに怒り、咎《とが》めるどころか、再び呵々大笑《かかたいしょう》する。

「アレが持って生まれた魅了の力は、稀《まれ》に見るほどのものだからな。このワシとて気を抜けば、あの目にやられかねん。ましてアレとまぐわおうものなら、ヒヨッコ魔王ではひとたまりもあるまいよ。二度、三度と求め、やがてアレの色と肉に溺《おぼ》れること以外、考えられなくなろう」

老シトリーは畏《かしこ》くも今上魔王を、ヒヨッコと嘲笑《あざわら》った。

(まあ、気持ちはわからんでもない)

この老公は、先代魔王と昵懇《じっこん》の間柄だった。好戦的で有名だったかの暴君と、無数の戦場をともに渡り歩いた古強者《ふるつわもの》であり、王位そのものへの畏《おそ》れなど持っていない。

齢《よわい》を二千重ねた今、武人として現役《げんえき》は返上しても、未だ当主の座は正嫡に譲らず、精力的に愛妾を囲っては子どもを作り、アザールの野心にも喜んで加担するような——脂ぎった欲が服を着て歩いているが如《ごと》き大魔族なのだ。

そんなご老公からすれば、弱冠十六歳で初陣もわずか数か月前という今上魔王が、未だ尻に卵の殻が引っかかっているように見えるのも仕方がないだろう。

とはいえアザールは安易な魔王批判には乗らず、かといって老権力者の意見も否定せず、

「今上陛下のお気に召していただけるならば、大切な妻をお貸し差し上げた甲斐《かい》があるというものですな」

と、なるべく穏当な言葉を選んで答えた。

「ははは、『大切な』だと？　どの口がそれを申すか」

「大切ですよ、何しろシトレンシアがいなければ、私の野心は成立しない。彼女を妻にもらい受けるため、閣下を説得するのにどれだけ苦労したことか！　今となっては笑い話ですが」

これはおためごかしではない、アザールの本心である。

ただシトレンシアを、女としては見ていないだけで。歴代、女性関係で何かしらやらかしてきたアザゼル家の男としては、絶大な魅了の力を持つ魔性の女など、恐くて目を合わせるどころか指一本触れたくない。

（あの女と本気で向かい合おうという男がいたら、それはどうしようもない馬鹿《ばか》か、正真の化物のどちらかだな）

君子危うきに近寄らず。シトレンシアはあくまでアザールの野心のための道具《つま》であって、道具《つま》の虜《とりこ》にされてしまっては本末転倒である。

「今上陛下はお噂《うわさ》通りの方だった。私にとって理想の主君だった。シトレンシアの使い道と、い、い、い、いしては本筋ではありませんが、陛下との懸け橋に使えるならそれもまた結構。ぜひ良好な関係を作り上げるのにも、役立ってもらいたいと考えています」

「ははは、理想か。あのヒヨッコが？」

老シトリーに嘲笑《ちょうしょう》されても、アザールは――これも本心から――首肯する。

（私が四大実力者に数えられるようになっても、先代陛下は若僧と侮《あなど》り一顧《いっこ》だにしなかった。この方々に働きかけてお目通りの機会を探ったが、そも男爵風情《ふぜい》とは会ってもくれなかった。このシトリー同様の老害だ。比べて今上陛下は、ずいぶんと寛大で柔軟な頭の持ち主のご様子。私が七大魔将たちより強く、有能な男だと理解してもらえれば、連中に取って代わることさえ難しくあるまい。試しに誰か一将、屠《ほふ》ってみるのも話が早いか）

木端《こっぱ》貴族として生まれたが、磨き抜いた実力は本物だという自負がある。

であれば、地方の小領に埋もれて一生を終えるなど真っ平だ。

老シトリーがかつてそうしたように、若き名君の隣に立ち、戦場で手柄を立て、栄耀《えいよう》栄華を極めたい。

当代のアザゼル男爵アザールとは、そういう男だった。

第四章 魔王様、社交界デビューする

「なあ、ルシ子《こ》。パーティーなのに俺《おれ》はいつもの格好でいいのか?」

「そりゃアンタは魔王なんだし、いつもの格好が正装でしょ」

姿見とにらめっこしているルシ子が、こっちにケツを向けたままぞんざいに答えた。

いま着ているドレスにどんな宝飾品が似合うかと、自分はおめかしに忙しそうだ。

「じゃあおまえの正装は、いつものブラジャーもどきじゃないの?」

「あ、あれはヘタレチキンにアタシを女だってちゃんと意識させるための——って違うわよ！ 単にアタシの趣味よ！」

ルシ子が何かを誤魔化《ごまか》すように、急にムキになって答える。

しかしブラジャー同然の上着を趣味だと宣言するのは、恥ずかしくないのだろうか? ルシ子の羞恥《しゅうち》ポイントがわからん。

「まあ、堅苦しい服を着なくていいなら、俺もその方が助かるわ」

ケンゴーは同伴者《パートナー》のおめかしが終わるのを、ソファでのんびり待つことにした。

ルシ子が宛がわれた寝室に隣接する、ドレッシングルーム内に二人きり。

アザゼル男爵領に来て二日目のお昼前、そしてパーティー直前の空いた時間。

この手の催しは夜会と相場が決まっているものだが、今回は四日四晩、昼夜を徹して開かれるとのことだ。客は好きな時に顔を出し、好きな時に中座すればよい。

その招待客も五百人を超えるらしく、まあなんとも金のかかる話だった。本来、一男爵が主催できる規模ではなく――レヴィ山《やま》が最初に言った通りに――アザールが己《おのれ》の隆盛を誇示するためのパーティーなのだろう。周囲の目を改めさせることで、魔界に確固たる地位を築いていく腹積もりなのだろう。

（ま、俺はレヴィ山の顔を立てるために来ただけだし。テキトーに楽しんで、テキトーに帰ろ）

アザールは魔王の御幸《みゆき》を賜《たまわ》ったと大いに宣伝材料にするかもしれないし、それはもう構わないが、ケンゴーの方から何か特別な協力をする気はなかった。

男爵のシトレンシアに対する、妻を妻とも思わぬ態度を知った今、アザール個人と友誼《ゆうぎ》を結ぶのは難しかった。

（ホントならレヴィ山にもチクってやりたいんだけど……）

それは他《ほか》ならぬシトレンシアから口止めされている。

夜明け前、まだ暗いうちに帰ると言った彼女に、同時にお願いされたのだ。

「もしレヴィ山兄さまに知られれば、きっとご心配をかけてしまいますから」

と。

ケンゴーは納得いかず、だから一応は説得を試みた。

「レヴィ山はきっと、妹のことを心配したいと思うんだけど……」

「そう……かもしれませんね。兄さまも陛下のようにお優しい方ですから……たとえ夫と揉《も》めることになっても、私めのことで談判してくださるかもしれません」

「そうだよ！　あいつはチャラいように見えて、頼りになる男だよ」

「でも、それでは兄さまの敵を増やし、ご迷惑になってしまいます。だから、やっぱり相談なんてできません。私めが少し我慢すればいいだけの話ですから」

「うううううううん……」

「もし我慢しきれなくなって相談する日が来るとしても、その時は私めの口からちゃんと、兄さまにお願いしたいのです。だからケンゴー様、このことはどうか御内密に」

そこまで嘆願されては引き下がるしかなかった。

兄妹間の問題に、他人がくちばしを突っ込むのも限度がある。

（レヴィ山の前でボロを出さないように、気をつけんとなー）

あいつは察しがいいからな、とソファでシリアスな思索に耽《ふけ》るケンゴー。

一方、

「あ゙あ゙あ゙あ゙あ゙っっっ後はネックレスだけなのにどっちがいいか決められない゙い゙い゙い゙い゙っ」

ルシ子が左右のネックレスを矯《た》めつ眇《すが》めつしながら、コメディな雄叫《おたけ》びを上げた。

「別にもうどっちもでいいじゃん」

「ハァ？　センスゼロのアンタなんかに聞いてないんですけど～？」

「ルシ子は素材が抜群なんだから、どっちつけたって可愛《かわい》いっつってんの」

実際、ソファから眺める彼女のドレス姿は——普段、着てくれない珍しさも相まって——目の保養となるほど綺麗《きれい》だった。さっきからずっと飽きない。

「は、ハァァァ？　べべべべ別にアンタなんかに褒《ほ》められてもうれしくないんですけど～？　つか急にキザな台詞《せりふ》言うのやめてくれますぅ？　自分じゃカッコイイつもりなんですぅ？ぅ？ぅ？」

「俺はおまえみたいな面倒臭い女と違って素直なの！　可愛いものは可愛いって言うの！」

「だだだだから可愛いとか急に言うなっっっ」

「なにキレてんだか」

素直になれない傲慢《ごうまん》サンの顔真《ま》っ赤《か》ぶりに、ケンゴーは苦笑いさせられる。

でも、こっそりニマッとほくそ笑んだルシ子が、自信満々で二つのネックレスを、どっ、ちもつけようとしたので、全力で止めなくてはならなかった。

「なんでパーティーの前からケンカしなくちゃいけないのよ！」

「今のは百、おまえが悪いやろ。俺のせいじゃないやろ」

ルシ子と激しく言い合いながら、パーティー会場へと廊下を進む。

同時に互いの肘《ひじ》で、相手の脇腹をゲシゲシ突き合う。

そんな風にやり合っているが、別にケンゴーは内心じゃ怒っていないし、こんなのは乳兄妹《おさななじみ》間における日常茶飯事。気安いコミュニケーションの一環にすぎない。

(ケンカするほど仲がいいっていうけど、俺とルシ子はホントそうだよなあ)

昨夜、シトレンシアと寝所をともにしたからこそよけいにでも思う。

魅了の魔力は抜きにしても、ケンゴーはあの褐色の美女と向き合うのにも話し合うのにも、とにかく緊張させられた。女性に対する免疫《めんえき》というものがなさすぎた。

比べてルシ子相手ならば、ズケズケ言い合うのにも触れるのにも、遠慮を感じたことがない。

初めて社交界デビューする緊張も、この乳兄妹《ちきょうだい》が相方なら恐くない。

そして、内心じゃ怒っていないのはルシ子も同様だったのだろう。

迎賓館《げいひんかん》の中庭に面した、パーティー会場の大広間に到着すると、意識を切り替えたように、

「ここからはアタシがエスコートするから、ちゃーんと言うことを聞くのよ?」

「了解です、ルシ子先生」

「アタシ的にはこういうとこじゃ、本当は男がエスコートする方がカッコイイんだからね?」

「うっす、早くルシ子先生をエスコートできるように精進します」

「わ、わかればいいのよ」

ルシ子がこっちの顔を直視できなくなるほど照れながら、つっけんどんに腕を組んでくる。

軽く、見栄《みば》えよく、からめるように。会場内を男女で移動する時の、基本姿勢とのこと。

歩調を合わせて広間に入り――ケンゴーは仰天した。

会場内には既に百人を超えよう招待客がおり、立食形式の宴《うたげ》を楽しんでいた。

その彼・彼女らの姿が、誰も彼もまともに見えないのだ。

まるで影絵みたいに人形《ひとがた》の真っ黒なシルエットたちが動き、談笑し、食事していたのだ。

薄気味悪いことこの上ない。

（かまいたちの夜……ってレトロゲームが確かこんなだったなあ……）

前世でネットで見た益体《やくたい》もない記憶を、彷彿《ほうふつ》とさせる光景だった。

「ルシ子先生、これはなんですか？」

「幻影魔法を使ったパーティーの作法よ。どこでも普通こうよ」

「この不気味な宴模様があ？　いくら魔族だからってさあ」

「キモくないの！　お互い誰が誰か、すぐにわからない方が便利なの！」

「え、どこが？」

「アンタ、試しにこのまま会場のど真ん中に行ってみなさいよ。陛下、陛下ってみんなに囲まれて、一人一人と挨拶《あいさつ》してるだけで日が暮れるわよ」

「なるほど誰が誰かわかんない方が最高だわ」

話している間にもルシ子が指先を振って、術式を編む。

幻影魔法が二人の表面を覆った。これでケンゴーたちの姿も他の招待客からは、影絵のようなシルエットに見えるはずだ。ただし術式に一工夫したようで、ケンゴーから見てルシ子の姿は（逆にルシ子から見てケンゴーの姿も）ごく普通に見ることができる。

しかも、

「これ、アタシたち同士だけじゃなくて、他にもレヴィ山とか自分が姿を見せたい相手だったら、ちゃんと見えるようになってるから」

「そうか、これなら会いたい奴《やつ》にだけに見つけてもらえるわけか」

ますます得心がいくケンゴー。

逆に「●●さんとお知り合いでしょ？　紹介してくださいよ～？」「では、あなたにも姿が見えるようにお願いしてきますかね」なんてやりとりも、会場のそこかしこで行われているだろうこと、想像に難《かた》くない。

「そういうこと！　じゃあ軽く何かつまみましょ。アタシ、お腹《なか》空いちゃった」

「おっけ。あっちになんか美味《うま》そうなの並んでるぞ」

ちょうど昼食時である。

壁際に沿ってテーブルクロスのかけられた長机が並び、オードブル類が満載になっているのを見つけ、移動することに。

ところが、ルシ子が腕の組み方を変えたというか、べったりくっついてきて戸惑わされる。

「……これはなんの作法？」

腕におっぱい当たってるんですけど？

「さ、作法というか、人が多いんだから、はぐれないようによ。アンタ、パーティー初心者の赤ん坊みたいなもんだから、し、心配なのよ」

「いやさっきの幻影魔法はなんのためよ……」

どれだけ人混みになっていようが、周りが全員シルエットにしか見えない中、お互いは普通に見えるのだから目立つってレベルじゃないはずだ。はぐれようがないはずだ。

「アタシの教えからはもう卒業するってことでいいのね？」

「生意気な口を叩《たた》いてすみませんでした先生」

こんな立場弱い魔王サマおる？

ケンゴーは釈然としない想《おも》いを呑《の》み込みながら、オードブルを物色しに行く。

でも、左腕にべったり抱き着いていてくるルシ子が上機嫌で、鼻歌まで口ずさみ始めて、それがなんだか妙に可愛かったので許せた。

プライドの高いこの傲慢サンは、いつもなら絶対に人前で腕なんか組んでくれないのに。

（幻影魔法《シルエット》で隠れているから、周囲の目を気にしなくていいのか）

このパーティー作法、やはり最高なのでは？

「ねね、ケンゴー。あれってアンタが喜んで食べてたやつじゃない？」

「あのピザみたいな郷土料理なー」

「はい、あーん」

「自分で食べられるけど？」

「これもパーティー作法なのよ！」

「俺の目を見て言える？」

「痛たたたたたっ急に目にゴミがっ」

「もういいよ。つかあの山羊《やぎ》のソーセージ、ルシ子も美味《おい》しそうにしてたよな？」

「フフン、アタシのことよく見てるじゃない。感心な心掛けね」

「はい、あーん」

「あ、あーん……」

ルシ子が照れ臭そうにしつつも、四の五の言わずに口を開ける。雛鳥《ひなどり》みたいな愛らしさで、ケンゴーに食べさせてもらうのを待っている。これも普段なら絶対に見られない光景。

ルシ子としばらくお互いに、食べさせっこをくり返す。「バカップルかよ」というくらいのイチャつきぶりだが、幻影魔法のおかげでケンゴーも気にならない。

このパーティー作法、やはり最高なのでは？

「はぁお腹いっぱい。裏に休憩用の個室があるはずだけど、軽くお昼寝しない、ケンゴー？」

「それもパーティー作法ですか、先生？」

「二人で一緒にくるまるのがパーティー作法よ！」

「パーティー作法なら仕方ありませんね」

また左腕に抱き着いてきたルシ子と、休憩しに行こうとして――

「さすがにそんな作法はあるまいよ、主殿《あるじどの》……」


――ケンゴーは半眼になったアス美《み》の前を横切った。

「おファッ⁉」

と狼狽《ろうばい》のあまりに息を呑まされる。

ルシ子なども一瞬でケンゴーから距離をとっている。転移魔法まで駆使して百メートル先。

「あら、アス美じゃない。そんなところで何をしてるの？　アタシは礼儀作法のてんでなってないケンゴーに愛想《あいそ》が尽きて、ひ・と・りでお昼をとってたんだけど、ひ・と・りで」

急にツンツンした態度になって大声で言い訳を始める、「傲慢《プライド》」の塊《かたまり》……。

「いやまあルシ子が基準を作ってくれる分には、妾《わらわ》も自分の順番《たーん》で存分に主殿とイチャつけるゆえ、一向に構わぬが……」

「ハァ？　誰がいつ誰とイチャついてたですって？　変な幻影魔法でも見たんじゃないの？」

「いやまあもうわかったゆえ、こっちへ来やれ」

百メートルの距離をとったまま会話するのは鬱陶《うっとう》しいと、アス美は嘆息した。

同意！

†

それからアス美の先導で、ケンゴーたちはマモ代《よ》、ベル乃《の》と合流する。

二人は既に個室の一つを陣取っていて、思い思いの過ごし方をしていた。

「お待ちしておりました、我が陛下《マインカイザー》。小官が一部屋、確保しておりましたゆえ、どうぞお寛《くつろ》ぎください」

窓辺に立って中庭を観察していたマモ代が、踵《きびす》を返すとソファを勧めてくれる。

「おぬし一人の手柄ではあるまいに」とアス美に皮肉られてもどこ吹く風。

なんとタキシード姿の男装が、この凛々《りり》しい麗人にはよく似合う。

一応はペアでの出席がマナーのため、マモ代が男役を買って出て、アス美がその同伴者《パートナー》、ベル乃が二人のお付きのメイドという配役で参加していた。

クジによって明日はマモ代がケンゴーのパートナーを務めてくれる順番で、アス美が男役をやるらしい。どんなんよ。早く見てみたい気がする。

なお、ベル乃は先日からメイド服が気に入ったみたいで、三日目の彼女の順番以外は全部、侍女役で通すとのこと。ただしあくまで格好《コスプレ》のみで、現在も個室に大量のエサ……もといパーティー料理を持ち込んで、ソファでダラダラ、モリモリ食っている。こんなメイドさんおる？

閑話休題《それはさておき》。

「マモ代は何を眺めていたのだ？」

ケンゴーはベル乃の隣へ腰を下ろし、自分も甘いものをつまみながら何の気なしに訊《たず》ねる。

「はい、我が陛下《マインカイザー》。シトリー大侯《たいこう》らしき人物がテラスにおりましたゆえ、様子見を」

「え、姿が見えるのか？」

「幻影魔法《シルエット》を徹《とお》して本体を覗《のぞ》き見るくらい、小官の技術を以《も》ってすれば造作もないことです」

「それはマナー違反ではないのか……？」

ケンゴーもやればできると思うが、そもそも試そうとも考えなかった。

「法を犯しているわけではございませんよ」

果たしてマモ代は、いけしゃあしゃあと答えてみせる。

「とまれ我が陛下《マインカイザー》にお咎《とが》めを戴く前に、自重しておきましょう」

「マモ代のことじゃ、あのご老体がまたぞろ何か企《たくら》んでおらぬかと監視しておったのじゃろうが、こんな場所で尻尾《しっぽ》を出すほど迂闊《うかつ》ではあるまいよ」

「異論はない」

アス美たちはすぐに話を打ち切ったが、ケンゴーとしては気になる話題。

ベル乃とは反対隣りに座ったルシ子に目配せ、

(え、そんなヤベー爺《じい》さんがおるの?)

(シトレンシアの父親よ。招待されてたみたいね)

(え、シトレンシアの身内ってレヴィ山以外、ヤベー奴しかおらんの?)

(そのレヴィ山こそ一番ヤバい奴じゃないの?)

(え?)

(え?)

どうもケンゴーの知っているレヴィ山と、ルシ子の知っているレヴィ山は別人らしい。ということにした、詮索すると恐いから。

(それよりも気になるのはシトレンシアの父親か)

ケンゴーも中庭を覗いてみたい誘惑に駆られる。

だがマナーを大切にする元日本人としては、抵抗感の方が強い。

(……まあ、何か問題があったら、マモ代が適切に対処してくれるだろうな)

この辣腕《らつわん》の忠義者には、ケンゴーは絶対の信頼を置いている。

一方で、

「……お腹空いた」

とベル乃が「難しい話は終わった？」みたいなノリで言った。

「今まさに食っておるだろう……？」

「……陛下に食べさせて欲しい」

「なぜ……」

「……さっきルシ子と食べさせっこしてた。羨《うらや》ましい。わたしもしたい」

（うん、食べることに関してだけはホント目敏《めざと》いね、君）

しかし、参った。

こうも皆の前で食べさせっこをするのは、さすがに恥ずかしい。

「……お腹空いたァ」

「よっし、わかった。今すぐ食べさせてやるから待っておれ」

ケンゴーは慌《あわ》ててローテーブルに手を伸ばすと、そこに堆《うずたか》く積まれていた料理の中からパパイヤめいた果物（丸のまま）をつかむ。

雛鳥（ロック鳥）みたいなふてぶてしさで口を開けて待っているベル乃に、食べさせてやるというより**口腔にねじ込む**勢いでシュート！

しかし、さすがは「暴食」の魔将である。苦しむどころか大喜びで咀嚼《そしゃく》を始める。

「……美味ひい、美味ひい」

「喜んでくれて何よりだ……」

「……陛下も、あーん」

「あーん……」

ケンゴーは自棄《やけ》になって大口を開ける。

隣でルシ子が「やってなさいよ」とばかり、肩を竦《すく》めて呆《あき》れ返る。

ケンゴーは「しょうがないだろ」とばかり、諦観して無防備に口を開けて待つ。

パパイヤめいた果物（丸のまま）の返礼に何を食わされるのかだけは不安だったのだが――


ちゅ。


――とベル乃がケンゴーの唇に吸い付いてきて、さらに口腔内へ舌をねじ込んできた。

「……美味ひい、美味ひい」

（どっちにしてもおまえが食べる側なんかーーーーーーい！）

かつての妖怪《ようかい》オナカスイタ事件の時のように、ベル乃はキスによってケンゴーの体内の魔力を貪り始める。

逆にケンゴーはされるがまま、口腔内に侵入したベル乃の舌に凌辱《りょうじょく》の限りを尽くされていたのだが（ぶっちゃけ気持ちよかったのだが！）、

「それはやりすぎでしょアンタたち！」

「さすがに自分の順番《たーん》まで我慢いたせ、ベル乃」

ルシ子が後からケンゴーの頭をつかんで引き剝《は》がし、アス美が水魔法の鉄砲で文字通りベル乃に冷や水を浴びせる。

「け、脛骨《けいこつ》がぁ……」

「……びしょびしょ」

むち打ちになりかけたケンゴーは回復魔法を自分に使い、ベル乃は憮然《ぶぜん》顔で水を滴らせる。

首のダメージについては事なきを得たケンゴーだが、安堵《あんど》するには早かった。

テーブルにあった未カット状態のスイカを、ベル乃がむんずと手にとるや皮ごと丸かじりに。

そして、黒いタネを「ダダダダッ」と吐き出す。「ぷぷぷぷっ」ではなく「ダダダダッ」である。まるでマシンガンの如《ごと》くアス美を狙《ねら》って射撃する。

「おのれ、なんの真似《まね》じゃベル乃！」

「……さっきのお返し」

ベル乃はまたスイカを丸かじりすると、今度はルシ子に向かってダダダダッ。

まるで子どもじみた仕返しだが、怪力無双のベル乃がやると威力がシャレにならない。逸《そ》れたタネの一発一発が壁を抉《えぐ》り、天井《てんじょう》に食い込むのを見てケンゴーは蒼褪《あおざ》める。

「いくら妾が温厚といえど、売られたケンカなら買うぞ！」

「七大魔将最つよのアタシを敵に回すとはいい度胸じゃないの！」

それをアス美とルシ子は魔力障壁で防ぎながら、攻撃魔法の術式を編む。

休憩のために用意されたはずの個室が、にわかに戦場と化す。

「――全員、頭を冷やせ」

否《いな》、修羅場となる寸前、天井三か所から三条の水がルシ子、アス美、ベル乃に降り注《そそ》いだ。

鋭く指揮鞭《しきべん》を振ったマモ代が、その魔導によって顕現《けんげん》させたものである。

「……またびしょびしょ」

「猛省しろ。美女が醜く争う様は見たくないと、我が陛下《マインカイザー》に苦言を呈《てい》されたばかりだろうが」

「ぐぬうマモ代め、また耳が痛い正論を……」

「この理屈屋ぁ……」

アス美とルシ子が歯軋《はぎし》りするが、マモ代の言葉を認めて引き下がる。

「ま、ま、ま、せっかくだし三人とも着替えてくるのはどうだ？　ドレスはいっぱい持ってきておるのだろう？　ぜひ余の目を楽しませてくれ」

すかさずケンゴーも宥《なだ》めすかしにかかり、ルシ子らもそれはアリかと納得する。

三人が着替えに戻り、個室にマモ代と二人きりに。

「ファファ、やっと静かになったな？」

一安心して気が軽くなったケンゴーは、そのテンションでマモ代に軽口を叩く。

すると――

「申し訳ございません、我が陛下《マインカイザー》……。少し、酔ってしまったようです……」

マモ代が急に、妙なことを言い出した。

しかも見たこともないほど、しおらしい態度になった。

しかもしかもソファに腰かけるケンゴーの隣へ、ぴったり寄り添ってきた。

「……は？　そんな素振りは今までなかったであろう？」

「実は酔っていたのです」

「だが酒などどこにも……」

テーブルの上に山積みにされているのは、ベル乃のエサ……もとい食べ物ばかりだ。

「小官が先に来て全部飲み干して片づけておいたのです」

「マモ代はそんな酒クズキャラでは――」

「実は酔っていたのです！」

あくまでその設定で押し通すつもりなのか、マモ代は珍しく強引《ごういん》にケンゴーの言葉を遮《さえぎ》る。

「……それで余にどうせよと？」

マモ代がこんな風にくっついてくるなど初めてのことで、意外と色っぽいし良い匂《にお》いがするしでケンゴーはたじたじになる。

「酔った小官を介抱してくださいませ。臣下の分際で畏《おそ》れ多いことですが、パーティーならば殿方が淑女をエスコートするのは当然のことです、我が陛下《マインカイザー》」

「介抱は構わぬが、具体的には……？」

「胸元《むなもと》が苦しくて……」

マモ代は鼻にかかった声で訴え、妙に艶《なま》めかしい手つきでタキシードのネクタイを緩めた。

普段、凛々しさの方が目に付く彼女だが、実はけっこうな巨乳さんだ。男物の、しかもぴっちりした礼服を着ていれば――そこにどうやって収まっているのかは甚《はなは》だ謎《なぞ》だが――押し潰《つぶ》されたおっぱいが、そりゃあ窮屈だろう。

マモ代はきっちり留められた襟元《えりもと》から胸元のボタンを、エロティックになぞるように示し、

「御身《おんみ》の手で外してください……」

「できるかっっっ」

「殿方がエスコートするのは当然のことです……」

「そんなパーティー作法は絶対ないだろ！」

潤んだ目で哀願してくるマモ代に、ケンゴーは真顔でツッコみまくった。

さらには――

「……大方こんなことじゃろうと妾は思っておったわ」

「……最近のアンタ、マジでアンタらしくなくない？」

「……お腹空いた」

着替えに戻ったはずのアス美、ルシ子、ベル乃が濡《ぬ》れ鼠《ねずみ》のまま、出入り口の陰から半分顔

を出して覗いていた。ジト目になっていた。

一方、退室はフェイントだったと気づいたマモ代は、ケンゴーから身を離す。すっくと立ち上がった時には、もういつもの怜悧《れいり》な表情に戻っている。

そして、

「文句があるならかかってこい。小官がまとめて駆除してやる」

（女同士で争うのやめよう言ったのマモ代やろおおおおおおおおっっっっっっ）

しかも酔っているという設定はどこに行ったのか？

「おうおう、いくさは苦手のはずの女が粋《いき》がりおるわ。主殿の前で張り切りおるわ」

「三対一で囲む必要なんてないわ！　このアタシがアイツ泣かすっ」

「……お腹空いた」

（君らの沸点低すぎィ！　売り言葉に買い言葉とかやめよおおおおおうっ）

これが魔族の魔族たる所以《ゆえん》とばかり、すぐ暴力に訴えようとする女性陣に、平和主義者のケンゴーは恐れおののく。

脳裏をよぎるのは、先日のジャンケン（魔法バトル）。また自分が身を挺《てい》し、間に入らないといけないのかと思うと、頭の方が先に痛くなってくる。

（いや、やっぱ逃げよう！）

それが平和主義者の大正解だ。神様、俺、何も悪いことしてませんよね？

マモ代とにらみ合いながら、部屋にズカズカ踏み入るルシ子たちと入れ替わりに、ケンゴーはコソコソ匍匐《ほふく》前進で部屋を出ていった。

†

怖気《おぞけ》が走るような魔力と魔力が激突する気配。そして大騒動。

ケンゴーはそれらを尻目《しりめ》に、少しでも遠くへと這《は》って、這って、這って――

「それどんなパーティー作法ですか、我が君？」

会場内、何かを探し回っていた様子のレヴィ山と遭遇した。

「ファ……ファファファ、斬新であろう？」

「御意《ぎょい》です。さすがはいと穹《たか》きケンゴー魔王陛下、トレンドリーダーでもあらせられる。幾千年来の伝統と慣習にも切り込んでいくスタイルですね」

ケンゴーは引きつり笑顔、レヴィ山は小粋な笑顔でユーモアを交わす。

「何か探し物であるか？」

「はい、まさに陛下をお探ししておりました。アザール殿がご挨拶をいたしたいと」

匍匐前進中の低すぎる視界のせいで気づくのが遅れたが、やや離れて続くホスト夫妻がいた。

「こちらでしたか、陛下。楽しんでいただけておりますかな？」

アザールが聞くまでもないとばかりの自信に満ちた態度でやって来、その後を三歩下がって影も踏まずという不憫《ふびん》な態度のシトレンシアが。

ケンゴーはそそくさと立ち上がると、情けなく逃げ出す姿などなかったとばかりの態度で、

「ファファファ、このような素晴らしい宴席に招待してくれたこと、改めて礼を言うぞ男爵！」

尊大に大仰に魔王風をびゅんびゅん吹かせながら応対する。

「過分な褒詞《ほうし》を賜り光栄です、魔王陛下。それはようございました。――して、ゆうべのこともお楽しみいただけましたでしょうか？」

アザールは後半、悪代官のような顔になって耳打ちしてくる。

「ゆうべのこと」というのは他でもない、シトレンシアを寝所に遣わしたことだろう。

ケンゴーは不快さを表に出さないようにするのに、多大な努力を支払わされた。

「……ああ。思わず、道ならぬ独占欲を抱いてしまうほどにはな」

「心得ておりますとも。あくまで臣の、陛下への格別の忠義ゆえのことでございます。他の何者にも、あのような型破りはいたしませんとも」

ケンゴー以外には妻を貸し出すような真似はしないと、安心して欲しいと、アザールはほくそ笑んでみせた。

それでこっちの覚えをめでたくできると信じて疑わないのだから、なんと下卑《げび》た品性だろうか。いくら魔族だからとはいえこれが普通、これが当然とは思いたくない。

ケンゴーは胸が悪くなるのを押し隠し、アザールの誕生日を声高に祝い、また心を殺して夫婦の結婚五周年を祝った。

形式上のやりとりがすみ、さっさと退散しようとしたが、

「陛下。他にも幾人か、よろしければご挨拶させていただきたい者どもがおるのですが」

「……男爵の紹介ならば、是非もない」

レヴィ山の顔を立てるために来たのだからと何度も自分に言い聞かせ、応じる。

（シトリー大侯だったか？　でも紹介されるのかな）

とも思ったが、予想はハズレ。

アザールが連れてきたのは他の男爵や子爵といった、近隣の小領主たちだったのだ。

「このような間近でご尊顔を拝し奉《たてまつ》り、光栄の極みでございます、陛下！」

「陛下のご戴冠の折に、お祝いを差し上げて以来のことでございます！」

「あの時はほんの束《つか》の間《ま》、お目通り叶《かな》ったのが精々でございましたしたゆえ、臣どものような貴家とは名ばかりの末席の顔など、憶えておいでではないことかと存じますが――」

「ぜひこの機会に、陛下と親しくお話しをさせていただければと！」

「あー……うー……えー……」

全員、見覚えはおぼろげにあるのだが、名前までは思い出せなくて、ケンゴーはしどろもどろに誤魔化そうとする。

だが小領主たちは気にした様子もなく、瞳《ひとみ》を輝かせてあれやこれやと話しかけてくる。

ヘタレチキンゆえに緊張は禁じ得なかったが、悪い気分というほどではなかった。なぜなら、彼らはアザールのように野心で目をギラつかせているわけではなく、純粋にケンゴーと出会えたことを喜んでいるように見えたからだ。

(例えは悪いかもしれないけど、ファンがアイドルに出会えたみたいな……？)

自分がそれほど御大層な人物だとは思わなかったが、直向《ひたむ》きな好意を向けられれば、相手にも好意を抱くのが人間の性《さが》だ。

最初こそ気を張ったものの段々と打ち解けて、四方山話《よもやまばなし》に花を咲かすことができるようになった。演技でなく笑顔になれた。

随所でアザールが彼らに対し、「誰のおかげで陛下にお目通りできたか、わかってるか？」とばかりのマウント取りをするのが、鼻についたけれど。まあ、ご愛敬だ。

(ほら見ろ、魔族だからって悪い奴ばっかじゃないじゃん)

ケンゴーは期せずして、楽しい時間をすごすことができた。

一頻《ひとしき》り談笑した後、アザールが皆を代表するように礼を言い、皆を親分気取りで引き連れて辞去する。

シトレンシアも控え目に会釈《えしゃく》をして夫の後を追い、残ったのはレヴィ山だけ。

「やー、さすがっす。我が君のご人気は、こんな地方貴族んトコまで届いてるみたいで。やー、妬《や》けるっす」

「ファファファ、そう持ち上げるな。単に彼らが純朴な精神を持つ、気持ちの良い者たちだったというだけであろう。別に余でなくとも歓迎してくれたはずだ」

「アッハハ、それこそご冗談をですよ、我が君」

「え……？」

「あいつら全員、ここらじゃ札付きの悪徳貴族ですよ」

「え、え、え……？」

「そんなワルどもがもう、陛下の前じゃ借りてきた猫みたいになるんですからね」

「え、え、え、え、え……？？？」

「さすがは我が君だ、持ってる風格っつうかオーラだけで相手をビビらす。まさに王の中の王、魔族《ワル》の中の魔族《ワル》でいらっしゃる。そこに痺《しび》れる嫉妬《しっと》する」

「…………………………………」


楽しい時間をすごすことができたな！

うん！

†

初日のパーティーは恙《つつが》なく終わった。

そして、二日目。

この日はホスト夫妻を差し置いて、マモ代が主役となった。

「強欲」の魔将は日頃《ひごろ》から社交界においても精力的に活動し、人脈作りその他に余念がない。

だがマモ代はいつも軍服をまとい、領主として政治家として将軍として、そして、あたかもまるで男のように振る舞っている。

まして縁談話や色恋沙汰《ざた》など無縁だし、どんな誘いを受けても毅然《きぜん》として撥《は》ね除ける。

そんなマモ代がこの日に限って、絢爛《けんらん》豪華なドレス姿でパーティーに現れた。

漆黒のシルク地と処女雪の如き肌の対比が、妖艶《ようえん》さと若々しさという二つの魅力を矛盾なく引き立てることに成功していた。

幻影《シルエット》魔法も使わず登場した彼女を、目の当《まあ》たりにした一同の衝撃は如何《いか》ほどのものだったろうか？　鉄の女と畏敬《いけい》されるマンモン大公が、すこぶるつきの美女であることを、皆に思い出させるに充分だったに違いない。

そうしてマモ代は普段あり得ないような笑顔を浮かべ、今上魔王の隣に立ち、いつものように精力的に招待客と歓談した。

社交の場に慣れないケンゴーに代わって、率先して会話を盛り上げ、場の主導権をガッチリ握りつつも、ちゃんと魔王の顔を立てる配慮を忘れなかった。

そんなマモ代の美しく、賢く、それでいて献身的な姿は、多くの貴人たちの目に「今上陛下の未来の正妃《パートナー》」として映ることになった。

初日を終始デート気分ですごしたルシ子を、ひどく悔《くや》しがらせた。

続く三日目。

この日はベル乃がケンゴーの同伴者を務めた。

彼女もまたいつになく着飾って出席――するような女の甲斐性《かいしょう》はなく、メイド服姿でやってきてルシ子を呆れさせ、マモ代を嘆かせた。

ベル乃は気にした風もなく、ケンゴーを一日中抱っこしたまま、一日中すみっこでパーティー料理を食っていた。たまに食べさせっこもしていた。

マイペースにもほどがあるが、本人は楽しそうだった。

ケンゴーも満更ではなさそうだった。


そう――

この三日の間、ケンゴーはなんだかんだ初めてのパーティーを楽しんでいる様子だった。

レヴィ山としては今上魔王にお越し願った手前、ホッとしていた。

残る一日もケンゴーに宴席を堪能《たんのう》してもらえれば、幸甚の限りである。最終日のパートナーは「オトナの女」であるアス美が務めるので、心配はしていないが。

そう、ケンゴーに関しては何も問題なかったのだが――

「この三日の間、ずっとお顔の色が優れませんね、レヴィ山は」

他人からも客観的に指摘され、レヴィ山はますます顔を顰《しか》める羽目になった。

相手はパートナーとして連れてきた、フォカロル公爵のご息女だ。

鷲《わし》のように鋭い眼光をした、キツめの美人。

夜更《よふ》け、宛がわれた寝室のソファで黄昏《たそがれ》るレヴィ山のために、葡萄酒を用意してくれる。

フォカロル家はレヴィアタンと古くから懇意であり、彼女とも幼馴染《おさななじみ》の間柄になるのだが、しかし男女の関係というわけではない。

彼女はマモ代を尊敬、目標にしており、関心があるのは色恋ではなく政治と軍事、しかも性格は打算的で利己的ときている。レヴィ山にとり、作法として形式上必要な同伴者としては、非常に後腐れのないご令嬢だった。

その冷徹な幼馴染が、苛立《いらだ》たしいほど正確に内心を読み当ててくる。

「妹君の結婚生活が、決して幸せなものではなかったことが、気がかりなのでしょう？」

「ハハッ。顔に出てしまうようじゃ、オレちゃんもまだまだ青いねえ」

「それは違いますね。レヴィ山閣下は今上と妹君のことに関してのみ、わかりやすいのですよ。普段のあなたは全く腹の読めない嫌な奴ですので、ご安心ください」

「了解、オレちゃん安心した」

おどけながらグラスをあおるも、まるで酔えない。

「過保護だとは、オレちゃんもわかってるんだ。妹もいい歳《とし》だし、そもそも貴族同士の結婚に庶民感覚の幸せを求めるのは間違っている。アザール殿が乱暴を働いた様子があるでなし、指一本触れもしないなんてむしろ大切にされてるよなあ？」

「ええ、過保護ですね。私もいずれ条件の良い相手が見つかれば、政略として結婚することもやぶさかではありませんし、世継ぎを作るため夜の営みも耐えます。が、妻として心から夫を愛せと言われればご免被《こうむ》ります。対してアザール殿は、将来有望且《か》つ女として妻を求めてこないだなんて、私からすれば理想の結婚相手ですね。妹君は贅沢《ぜいたく》すぎます」

「おまえさんはおまえさんで、もうちょっと庶民感覚を持ってもいいんじゃない……？」

「持つと何か私に利益が？」

「いや、なんでもないでーす」

レヴィ山は降参しながら、彼女が注いでくれたお代わりも一気にあおる。

しかし、何杯飲んでも同じことだった。寝酒にと思ったのに、睡魔も酩酊《めいてい》もやってこない。

仕方がないので席を立つ。

「どちらへ？」

「ちょっと夜風に当たってくる。おまえさんは先に寝ててくれ」

「わかりました。どうぞお気をつけて」

まるでここが敵地であるかのような台詞で、見送られた。


寝室を出たレヴィ山は、この迎賓館で一番、風の当たる場所――すなわち屋根の上に、飛翔魔法で登った。

今宵は三日月、北を向けば領主居城が、周りには広がる城下町が見渡せる。

どちらも皓々《こうこう》と灯《あか》りを点《つ》け、夜更けにもかかわらずにぎやかだった。

迎賓館で催されるパーティーと合わせて、城下でも四日四晩の祭りが開かれているのだ。

盛り場や広場のあちこちで、複数の女性を相手にするハーレム野郎どもの、乱痴気騒ぎが繰り広げられている。

「ハハッ、平和だねえ」

屋根瓦《がわら》に腰を下ろし、レヴィ山は皮肉っぽく口を歪《ゆが》める。

すると、

「ああ、平和なものだ。唾棄《だき》すべきほどにな」

横合いから声が返ってきた。

老人のような口調の、中年の渋い声だ。

レヴィ山は隣を振り向きもせず挨拶する。

「お久しぶりです、シトリーのご老公」

「息災だったか、レヴィアタンの小倅《こせがれ》よ」

老シトリーもこちらを向かない。

屋根上、腰かけた青年と立ったままの老人が、並んで月を眺める。

互いの距離はわずか二メートル。

そこに火薬の如き、キナ臭い気配が充満している。

「小倅はやめてくださいよ。今じゃオレちゃんが当主なんで」

レヴィ山はへらへら笑って訂正を求めた。

「おお、そうだった。ワシとしたことが忘れておった。いやはや歳はとりたくないものだ――」

老シトリーも意味深に笑って空惚《そらとぼ》けた。

「――優秀だった貴様の三人の兄は死に、失意に暮れた父親は引退し、まともに水魔法も使えぬ劣等の貴様が、最後に生き残ったという理由だけでレヴィアタンを継いだのだったな？」

言葉の形をとった毒薬が、老人の口から青年の耳へと注ぎ込まれる。

レヴィ山の顔から、表情というものが消えた。

だがそれも一瞬のこと。

「ねー？　オレちゃん、ラッキーですよねー？」

レヴィ山は軽薄に笑い、同意してみせた。

「ああ、幸運な男だよ。劣等の分際で栄光の七大魔将となり、その分不相応を咎めれること
も――暗殺されるでもなく下克上を起こされるでもなく、今日まで息災でいられるのだ。こ
んな強運はない」

「日頃の行いがいいからでしょうねー」

レヴィ山は一切《いっさい》反論せず、へらへらと笑い続ける。

老シトリーは見下げ果てたように嘆息すると、

「ならば、おまえの母親も幸運なのかもしれんな?」

「……そりゃどういう意味で?」

「喜べ、アレも息災にしておるよ。こたびは連れてきておらぬがな。ワシの閨《ねや》で毎夜、ワシを
求めて元気に喘《あえ》いでおる。アレの鳴き声は良い。男を滾《たぎ》らせるものだ」

知っておるか? と嘲《あざけ》るように老シトリーは訊《き》いた。

レヴィ山の顔からもう一度、表情が消えた。

第五章　レヴィアタン家の呪われし忌み子

それはまだレヴィ山《やま》がレヴィ山ではなかったころ。

まだ幼いリヴァイ少年だったころ。

レヴィアタニア大公国首都郊外の農村で、実の母ちゃんと二人、幸せに暮らしていた。

月に一度ほどの頻度《ひんど》で顔を見せる、父親のことが大好きだった。

リヴァイという彼の名も、父がつけてくれたらしい。

「あんたのお父さんは本当に立派な方で、とっても偉いご先祖様の名前を、あんたのためにくれたのよ?」

母ちゃんはしばしば複雑そうな表情で、そう教えてくれた。

リヴァイはそれがうれしかった一方、「あんたのお父さんは本当に立派な方で」というのが信じられなかった。

なぜなら父は、好きなだけお菓子やオモチャを買い与えてくれる優しいだけの人で、母ちゃんにはまるで子どものようになって甘えかかる情けない人だったからだ。

レヴィアタニア大公として、七大魔将の一角として日々、重責や政敵と戦い続ける男が、束《つか》の間《ま》の休息と癒《いや》しをひたすら外に求め、誰の目もない場所で無邪気にすごしたくなる心境を、幼いリヴァイには理解も想像もできなかった。

「いつか三人で一緒に、あの都のお城に住もうな?」

そんなバカげた夢物語ばかりを語る、ちょっと間の抜けた人だと思っていた。

だが、リヴァイが十歳になったある日のことだ。

父親が意を決した顔で言い出した。

「おまえたちのことを、妻に紹介する。城の離れにおまえたちの住処《すみか》を用意し、今後は毎日、会うことできるように説得する。息子たちも大人になったし、理解してくれると思う」

聞いたリヴァイは混乱した。

父にとって「妻」とは、この母ちゃんのことではないのか?　「息子」とは自分のことではないのか?　まるでよそに「本物」の妻や息子がいるような口ぶりではないか。

しかし、真剣な話し合いを始めた両親の会話を脇で聞き、リヴァイは幼いながらに段々と事情を呑《の》み込んでいった。

甘えん坊なただのお人好しだと思っていたこの父は、本物の「レヴィアタニア大公」で。

母ちゃんは「正妻」ではなく、外で囲った「愛妾《あいしょう》」。

その間に生まれた自分は「妾腹《しょうふく》」の非嫡出子だということを……。

父は愛妾《かあちゃん》と妾腹の子《リヴァイ》を連れ、決然と都のお城に乗り込んだ。

そして、あっさり正妻さんの返り討ちに遭った。

「わたくしは『嫉妬《レヴィアタン》』の魔将にも負けない嫉妬《しっと》深い女だと、最初に言っておいたはずですよね、あなた？　側室や愛妾を持つのは絶対に許さないと、最初に約束しておいたはずですよね、あなた？」

淡々とした口調で、しかし鬼のような形相になって凄《すご》み、父親に迫る正妻さんの顔を、リヴァイは一生忘れないだろう。


ともあれそれで、母ちゃんは国外追放の沙汰《さた》を食らった。

当然、リヴァイは一緒に行くつもりだったが、その母ちゃんが許さなかった。

「あんたはここに残って、大公家のぼっちゃんとして生きていきな。その方が絶対、あんたは幸せになれる。裕福に暮らせる。わかったね？」

母ちゃんに涙ながらに説得され、リヴァイはうなずくことしかできなかった。

こっちの方が泣きたかったけれど、寂《さび》しかったけれど、ぐっと我慢するしかなかった。

「生まれた子に罪があろうはずがありません。わたくしはおまえのことも、実の子だと思って育てることを約束いたします」

正妻さんもそう言ってくれて――内心はどうあれ――引き取ってくれた。

キツいところはあるけれど、人一倍に生真面目《きまじめ》で公平な彼女は、本当にリヴァイを分け隔てなく扱ってくれた。

「許してくれ、リヴァイ……。この情けない父を、どうか許してくれ……」

そういえば父にも、涙ながらに懇願された。

もちろん、リヴァイは一生許すつもりなどない。


そうして十歳を境に、リヴァイの人生は激変した。

裕福な生活と高度な教育をたっぷりと与えられた一方で、城に仕える使用人たちには「不義の子」「下賤《げせん》の子」と陰口を叩《たた》かれた。

しかもリヴァイは、その彼らを恨《うら》むこともできなかった。

使用人たちは全員、正妻さんのことを尊敬しているからこそ、正妻さんにとっては「夫の裏切りの象徴」ともいえるリヴァイのことが、憎たらしくて仕方なかったのだ。

幼くしてもう愚鈍では――いつまでも子どものままではいられなかったリヴァイは、彼らの気持ちが理解できてしまったのだ。

リヴァイがすべきは使用人たちへ憎悪を返すことではなく、自分が大公家の人間に相応《ふさわ》しい立派な魔族だと彼らに認めさせること。「下賤の子」ではないと見直させること。

そのために血のにじむ努力をしたのだが——結果は伴わなかった。

レヴィアタンはその昔から水魔法を得意とし、強い自負を持つ家系。

当主ともなれば、魔界随一の水魔法の使い手であることを一門から求められる（現実問題として、水魔法を得意とする名家は他《ほか》にもたくさんあるので、本当に一位を獲れるかどうかは難しいが）。

そしてどういうことか、リヴァイは水魔法が致命的にヘタクソだった。

他の魔法は器用に使いこなすことができたのに、水魔法だけはどれだけ修業をしても身につかない。優秀な家庭教師だった老魔族にも、匙《さじ》を投げられた。

そして他の魔法がどれだけ得意であろうとも、レヴィアタンでは水魔法が使えない者が認められることはない。

「やはり母親が下賤ならば、子も下賤」

「そもそもご当主様の血を引いているのかも怪しい」

「外で囲った妾《めかけ》が、実はよその男とも姦通《かんつう》していたなど、珍しくもない話」

「真相は調べようもないからな。御家《おんけ》にとっちゃ、まさに忌《い》み子だ」

「ああ、祓《はら》うに祓えねえ呪《のろ》いみたいなもんだよ」

と、リヴァイに対する陰口は日に日に強くなっていった。

噂《うわさ》も広まり、譜代の陪臣《ばいしん》や他家の者たちにさえ「レヴィアタンの末子は劣等」というレッテルを貼《は》られることになった。

リヴァイが過剰《かじょう》に蔑《さげす》まれる理由は、もう一つだけあった。

父には三人の嫡出子がいた。リヴァイとは似ても似つかないような、優秀な兄たちだ。

栄えある七大魔将家の中でも、レヴィアタンはルシファーとサタンに次ぐ、特別な家系だと目されている。

開祖に当たる魔王が、〝暗黒絶対専制君主《ダークリヴァイアサン》〟と畏敬《いけい》された傑物だったからだ。

彼《か》の人はその空前絶後の実力を以《も》って、本来は封建制度を敷く魔王国で、実質的な専制政治を行うことを誰しもに認めさせた、魔王の中の魔王であった。

その血を引く歴代「嫉妬《レヴィアタン》」の魔将たちもまた、別格の実力者ぞろいであった。

そして、リヴァイの兄たち三人は三人がとも、「開祖に迫る」と謳《うた》われるほどの才覚の持ち主だったのである。

嫡出子の三人が優秀で、妾腹のリヴァイが劣等ならば、「ああ、やっぱり」と後ろ指差されるのも、血統を重んじる魔界では当然のコモンセンスといえた。

しかし、リヴァイはこの兄たちも恨むことはできなかった。

むしろ兄たち全員を敬愛していた。

兄たちもまたリヴァイのことを可愛《かわい》がってくれた。

「男なら決して人前で泣くな、リヴァイ」

そう教えてくれたのは、三番目の兄だった。

厳格で知られる、超一流の武人だ。

母ちゃんと引き離されたばかりのリヴァイが、寂しさと恋しさでよく泣いていたところを、慰めてくれた。

「いいか？　泣くなら、好きな女の前でだけ泣け。女って奴《やつ》はな、普段は泣きもしないような男が、自分にだけは見せる涙に弱いんだ」

そう言って三兄は、茶目っけたっぷりにウインクした。厳格な男にだってある、秘めた柔らかい部分だった。

リヴァイはこの三兄から、武術の手ほどきを受けている。

どんなに厳しく鍛えられても、兄の秘めた優しさを知っていれば、耐えることができた。

「おまえも私たちの弟なら、へらへらと軽薄に笑うな、リヴァイ」

そう叱《しか》ってくれたのは、二番目の兄だった。

水魔法をはじめとし、多種多様な魔法を極めた使い手だ。

当時、リヴァイは使用人たちの陰口に対する処世術として――まるで本当に下賤の生まれであるかのように――卑屈《ひくつ》に振る舞うことを覚えていた。

リヴァイが立派な兄たち同様に、毅然《きぜん》としていればしているほど、使用人たちの陰口は強まる。「上辺だけ真似《まね》をすれば、兄君たちのようになれると信じている愚か者」「下賤な血は決して隠せないことをわかっていない」と散々に、悪し様に言われる。敬愛する正妻さんの実子たちと、不義密通の象徴である忌み子を、何がなんでも区別しようとレッテルを貼り続ける。

しかし逆にリヴァイが分際を弁《わきま》え、軽薄な態度を装えば、彼らは安心するのである。憐《あわ》れを乞えば、それなりに同情してくれる者さえ現れるのである。

だったら楽に生きていこうと考えたのだが、その性根こそ最も卑屈なものであることを、次兄に指摘された。

「私がおまえを弟だと認めているのは、半分血がつながっているからではない。レヴィアタン家の者に相応しい、一廉《ひとかど》の男になれる気概と根性の持ち主だと思っているからだ。だが、それは買いかぶりだったのか？　違うだろう？　だったらレヴィアタンの直系に相応しい振る舞いに直せ。周りの陰口など全て無視しろ」

まだ幼かったリヴァイにしゃがんで目線を合わせ、そう諭してくれた。

感激したリヴァイは以後、軽薄な態度を改めた。へらへらと笑うこともやめた。

この次兄からは他にも、様々な魔法の真髄を学ばせてもらった。

リヴァイが水魔法を使えなくても、その他の魔法に長じたところを褒《ほ》めてくれた。匙を投げた家庭教師に代わって、懇切丁寧に教えてくれた。

そして長兄からは、政治のなんたるかを学んだ。

彼はまだ大公位を継いでいなかったけれど、既に辣腕《らつわん》の為政者《いせいしゃ》だった。

兄たちにはそれぞれの立場と役職があり、忙しい人たちだったが、代わる代わるリヴァイの面倒を見てくれた。

「せっかく無駄に三人もいるんだ、その数の利を活かさなくてはな？」

政治の初歩にして奥義だと、長兄は冗談めかしたものだった。

母ちゃんを失い、使用人たちには歓迎されず、家臣や他家の者からさえバカにされ続けたリヴァイが、しかし「幸せだった」と振り返ることのできる幼少期をすごせたのは、この兄たちのおかげだった。

そして、実の子が妾の子に目をかけることを黙認し、どころかリヴァイが修業でくたくたの時には手作りのお菓子をこっそり差し入れてくれた、正妻さんの度量だった。

だがリヴァイの幸せな時間は、永遠には続かなかった。

兄たちが死んだ。

全員残らず、死んだ。

当時のリヴァイは青年へと成長し――妾腹に正式な役職は、外聞の問題でもらえずも――兄たち三人の仕事をそれぞれ手伝っていた。

そんな三人ともに近しい立場だったからこそ、事件の全貌《ぜんぼう》をつかむことができた。

長兄の死因は、長年に亘《わた》る次兄の呪詛《じゅそ》によるものだった。

次兄の死因は、虎視眈々《こしたんたん》と機会を窺《うかが》っていた三兄が、自らの剣で闇討《やみう》ちしたものだった。

三兄の死因は、呪詛の真犯人を取り違えた長兄の側近たちが、報復に走った結果だった。


なぜ血のつながった兄弟同士で、骨肉の争いをしなくてはいけなかったのか？

あんなにも仲の良かった兄たちが！　優秀だった兄たちが！

リヴァイは嘆かずにいられなかった。しかし、その理由に気づかないでいられるほど愚鈍でもなかった。

魔界では長子相続が貴ばれることはない。むしろ長幼の序も男女の別もなく、最も実力を持つ者が当主の座を継ぐべきだという風潮がある。

兄たちは三人とも、甲乙《こうおつ》つけがたいほどに優秀だった。

全員が「開祖に迫る」と絶賛されていた。

だからこそ三人の下には大勢の直臣が集まり、それぞれがそれぞれの主君に、レヴィアタン家の次期当主になることを期待した。無言の圧をかけ続けた。

そう、リヴァイに向かって「使用人の目など気にするな」と言ってくれた次兄こそが、家臣たちの目から全く自由ではなかったのだ。

無論、長兄と三兄も同じ想《おも》いだったであろう。苦しい立場であっただろう。

おかげでリヴァイだけが生き残ってしまった。

妾腹であるために、最も期待されなかった――最もお家事情から自由だった、自分だけが。

否《いな》。

自由でいられたのも、その時までの話だ。

三人の兄が亡くなった以上、お家を継ぐのは残ったリヴァイということになる。

父も、正妻さんでさえもそれを認めた。

一方で一族郎党たちからは、反対の声が続出した。「下賤が正統に成り代わるなど、とんでもない」「水魔法の使えぬレヴィアタンなど認められない」「やはりあいつは御家にとっての、呪われし忌み子だった」と、バッシングは今まで以上に激烈なものとなった。

そして、その全ての反対意見と戦い抜《ぬ》くことを、リヴァイは決意していた。

「おまえもレヴィアタンの男なら腹を括《くく》れ、リヴァイ。……などと、偉そうなことは言えんな。

愚かな兄たちの尻拭《しりぬぐ》いを、おまえ一人に押しつけてすまない。本当にすまない」

呪詛に蝕《むしば》まれた今わの際《きわ》の、長兄の遺言だった。


名門旧家の後継問題は、泥沼のように長引くと予想された。リヴァイも覚悟していた。

だが予想とは真逆で、魔界屈指の権門の後継問題だからこそ、すぐに解決されなければならないと考える者がいた。

そう、魔王家《おかみ》の即時介入があったのである。

「レヴィアタン直系の血を引く者が、もうその妾腹一人しか残っていないというのならば、その者が継がぬ限りは家の存続を認めるわけにはいかない。そして、魔界の勢力図と均衡を考慮すれば、今さら七大魔将家が六大に戻ってしまうことは困る」

そう主張したのは、宰相ルキフグス。

当時の魔王（ケンゴーの父親）にも奏上し、詔勅《しょうちょく》を仰《あお》いだ。

政治と面倒事が大嫌いで、戦争と単純明快な話を好む先代魔王は、ルキフグスに答えた。

「そのリヴァイとやらが、誰にも文句を言わせぬ実力を示せば、てっとり早い」

「具体的には、如何《いかが》いたしましょう」

「余が全力で殴り、生き残れば家を相続。死ねば取り潰《つぶ》し」

「御意《ぎょい》」

こうしてリヴァイは命を懸けて先代魔王に殴られることとなった。

もちろん否やはなく、腹を括った。

当然だ。長兄の遺言だ。


心は全く晴れぬまま、リヴァイは晴れてレヴィアタン家の当主となった。

史上、最も祝福されない「嫉妬」の魔将と相成った。

お家騒動が解決し、ようやく落ち着いて兄たちの葬儀を執り行うこともできた。

盛大且《か》つしめやかな式が終わり、大勢の弔問客が引き払った後、リヴァイは喪主として最後にもう一度、兄たちの墓に参った。

先客がいた。正妻さんだった。

後から来たリヴァイに気づかず、墓石に向かって泣き暮れていた。

「どうしておまえたちが死なねばならなかったのですか！　どうして殺し合わねばならなかったのですか！　よその女が産んだあの子一人が残って！　家を継いで！　わたくしはこの先、どんな顔をして生きてゆけばよいというのですかっ！」

聞いて、リヴァイは呆然《ぼうぜん》と立ち尽くした。

心が引き裂かれたかと思った――それほど衝撃的な言葉だった。

息を呑む大きな声が、正妻さんに聞こえてしまったのだろう。

こちらに気づいた彼女は、真っ青《まさお》になって言い募った。

「今の嘘《うそ》よ、リヴァイ！　なんでもないの！　おまえは何も悪くないの！　気に病むことなんて一つもないの！」

正妻さんは決して我が身大事さで、弁明していたわけではない。

うっかり本音を聞かせてしまったことで、リヴァイを傷つかせたことを悔《く》い、同時にリヴァイが罪悪感を持つ必要などないのだと、絶対にないのだと、必死に言い聞かせてくれたのだ。

そんな彼女の想いを酌《く》んで、リヴァイは答えた。

「え、なんの話です、義母上《ははうえ》？　オレちゃん、何も聞いてないですけど？」

軽薄な態度で、心を覆い隠して。

へらへらと笑いながら。

†

――そして、現在。

リヴァイ少年から「嫉妬」の魔将となり、ケンゴーから「レヴィ山」の名をもらった青年は。

迎賓館《げいひんかん》の屋根上に腰かけて。三日月を眺めながら。

隣にいる、顔も見たくないジジイに向かって。

一切《いっさい》の表情を消して、こう答える。

「母ちゃんがそんなに元気ならよかったですよ。シトリーのご老公にそこまで愛してもらえてるんなら、母ちゃんも女冥利《おんなみょうり》に尽きるでしょうね」

軽薄な態度はいま必要ない。へらへら笑う必要もない。

この言葉は全き本音だと、よーく伝わって欲しいから。

「フン」

果たして、老シトリーはつまらなそうに笑った。

実母を貶《おとし》められたというのに、まるで挑発に乗ってこない若僧のことを侮蔑《ぶべつ》していた。

（いやいや、ホントにねえ。母ちゃんが息災で、おまんまも食えてるなら、ムスコとしてはこれ以上、何も言うことないってもんですよ。安心ですよ）

母ちゃんもかつて、如何《いか》にも子どものためにという面《ツラ》でおためごかしを言って、結局は邪魔だった子《コブ》どもを捨てていって――そこまでした甲斐《かい》があったねと、新しい男が捕まってよかったねと、祝福したいくらいだ。

（そういう心情、わかってもらえないかなあ？）

レヴィ山にとって「母親」とはもはや、実母ではなく正妻さんのことである。

心の底では愛人が産んだリヴァイを憎み、死んだ実子たちに取って代わったリヴァイを恨み、それでも昔も今も変わらず本当の子どものように扱ってくれる、先代レヴィアタン夫人である。

　聖母のような清らかな人ではないだろう。だけど、そんなドロドロの内心を抱えながらもなお、立派に「母親」たらんとしてくれる彼女のことを、レヴィ山は尊敬してやまない。公平とはこのことだと。誠実とはこのことだと。

　だから、

「母ちゃんのことはもういいです。わかりました。それよりシトレンシアの話をしましょうよ」

「ほう？」

　こっちが真剣だとようやく伝わったか、老シトリーも興味を示した。

　実母のことはどうでもいいが、妹のことはそうではない。生まれてきた子には罪はない。まったく正妻さんの言う通りだ。そして、兄たちが腹違いの弟を慈しんでくれたように、レヴィ山も妹を大切にしてやりたいのだ
「シトレンシアの嫁ぎ先を聞いて、正直あんたも耄碌《もうろく》したなって思いましたよ、老シトリー」

「ははは、小倅《こせがれ》が言ってくれる」

「その小倅にもわかることが、あんたにはわかってない。シトレンシアは、男爵風情《ふぜい》にやるにはもったいなかった女だ。魔王陛下に見初《みそ》められて、正妃の座だって狙《ねら》うことのできた、兄の欲目じゃなく佳《い》い女だ。つまりはあんたはシトレンシアを見縊《みくび》るあまり、外戚《がいせき》にだってなれる機会をフイにしたんだ」

「偉大なる先代陛下とも昵懇《じっこん》のワシが、今上とはいえヒヨッコの外戚になることを、ありがた

がるとでも？　貴様こそ見縊るなよ」

「ほら、あんたは何もわかっちゃいない」

せせら笑う気にもなれず、真顔のままレヴィ山は言う。

今からでも遅くないから結婚解消すべきだと。アザールがシトレンシアを妻としてまともに扱っていない以上、実父が娘を連れ戻したところで筋違いではあるまい。男爵相手に文句を言わせない権勢だって大侯《たいこう》閣下にはあるだろうと。本気で忠告してやっている。

「何もわかっておらぬのは貴様の方だよ、小倅」

だが老シトリーは、頬《ほお》を歪《ゆが》めてせせら笑った。

「ワシが妾腹とはいえ娘を男爵風情にくれてやったのはな、アザールの持ちかけてきた実験話に興味が湧《わ》いたからよ」

「実験だって……？」

思ってもみない言葉とその胡散《うさん》臭さに、レヴィ山は眉《まゆ》をひそめる。

「知りたいか？　なら、ついてくるがよい」

老シトリーはしめしめとばかりだった。

いったい何を企《たくら》んでいるのか？　だが妹のこととなれば、知らんぷりはできない。

「隠形くらいはできるのだろうな、小倅？」

「こっちゃ日陰者生活が長かったんでね、余裕っすよ」

老シトリーが魔法を用い、まるで無害そうなフクロウに化けて屋根を飛び立つ。レヴィ山もそれを真似し、すぐ後を追う。

目的地は遠くなかった。北にあるアザールの居城だ。

到着すると、今度は二人でネズミに化けて潜入開始。

今この夜の間も催されているパーティーの運営で男爵家の者は忙しいし、特段警戒もしていないのだろう。レヴィ山らの隠形の見事さもあり、誰にも見つかることなく進む。

隠し階段を使い、地下へ地下へと。

なんと立体迷宮になっていて、もし案内がなければ迷子になっていたに違いないほど、通路と分岐が複雑に絡《から》み合っていた。というか、老シトリーもちゃんと正しい順路で進んでいるのだろうかと正直、冷や冷や物ですらあった。

（魔法で瞬間移動しちまえばよかったのに）

とも思ったが、わざわざそうしないということは、恐らく目的地には《転移禁止結界《ノーリープオアダイ》》が張ってあるのだろう。

（つまりそんだけ、アザールが厳重に隠してる場所ってことだな）

レヴィ山がそう考えるのも当然の話。

そして幸いにして、正しい道順さえ知っていれば、移動時間そのものは長くなかった。

ほどなくレヴィ山は、秘密の実験場にたどり着く。

石畳の殺風景な、がらんとした広間だ。

目立つものといえば一つ。中央に巨大な水晶が鎮座しており、青白い輝きを放っていた。それが光源となり、地下とは思えぬほど天井《てんじょう》が高いこの空間全体を、仄暗《ほのぐら》く照らしていた。

隠形を解き、青年の姿に戻ったレヴィ山は、広間に一歩を踏み入れ——その足を止めた。

見てしまったからだ。

中央に設置された水晶の内部に、大きな影が閉じ込められているのを。

その影が人形《ひとがた》をしているのを。

裸身のまま胎児《たいじ》のように膝《ひざ》を抱え、水晶の中で眠るその姿は、まさしくシトレンシアのものであった……。

決して偽物ではない。レヴィ山が見間違えるはずがない。幻影の類《たぐい》でもない。レヴィ山とて七大魔将、そんな子どもだましに引っかかりはしない。

「これはどういうことだ、ジジイ！」

「ははは、見たままのことであろう」

隠形を解いた老シトリーは、答える気がないのかはぐらかした。

埒《らち》が明かず、業を煮やしたレヴィ山は水晶の方へと駆け寄る。

内部で昏々《こんこん》と眠る妹へと呼びかける。

「シトレンシア！　返事をしてくれ、シトレンシア！」

「無駄だよ、小倅。水晶の中におる間は、仮死状態になっておるのだ。五感は全て閉ざされ、夢も見ず眠り続ける」

「クソッ」

レヴィ山は悪態をつき、水晶に触れる。

カットされていない原石めいた硬質な見た目に反し、泥のような手触りをしていた。やはり、およそ尋常の水晶ではない。

レヴィ山は水晶内部へ思いきり腕を突っ込み、シトレンシアへ手を伸ばそうとする。だが奥へと進めば進むほど、泥のような感触が粘土のように重たいものへと変わり、腕を伸ばすのが難しくなっていく。

レヴィ山ほどの魔力の持ち主ならば、振り絞ることで強引《ごういん》に続けることはできるだろう。しかしその場合は、水晶を破壊してしまう恐れがある。その時、中で眠るシトレンシアが無事だという保証はない。

「ははは、やめておけ。大事な妹を、自らの手で殺したくはなかろう？」

老シトリーにも脅迫された。

「装置が起動している間は、ソレの魔力が幾重にも接続されているのだ。装置を破壊したり、無理に引きずり出せば、ソレの脳神経がズタズタになってしまうぞ？」

「なら今すぐ止めろ！」

「ははは、ワシにも不可能よ。アザールか、装置を開発した学者どもに頼むのだな。聞き入れてくれるかは知らぬがな！」

レヴィ山の焦《あせ》る様がそんなに面白《おもしろ》いのか、高笑いが広間に反響する。

「なんだってんだよ、これは……！」

レヴィ山は思わず水晶を殴りつけようとして、すんでのところで自制する。

「何を考えてんだよ、アザール……っ」

やり場のない憤りで肩を震わせる。

巨大な水晶の中で、夢も見ずに眠っているという妹の、儚《はかな》く美しくも憐れな姿を見上げて、ひたすら無力感を噛《か》みしめる。

第六章　だから私は今日もまた夢も見ずに眠る

それは昨夜のことだった。

我らが魔王陛下が連日のパーティーを堪能《たんのう》し、レヴィ山《やま》ら魔将一同に向かって言った。

「余はこのような催しに参加するのは初めてだが、想像以上に贅《ぜい》を尽くしたものであるな」

諮問《しもん》ではなく、他愛のない雑談だ。レヴィ山たちも気軽に答えた。

「やー、ここまで盛大なパーティーは、オレちゃんの家でもなかなか開かないっすよー」

「初めてがこれは幸運《らっきー》ですぞ。主殿《あるじどの》は持っておられるのう」

「フン、じゃあ今度はアタシんちに来てみなさいよ！　ルシファー家のパーティーならこんなもんじゃないから！」

「その見栄《みえ》を張り続けるのに、貴様の家の蔵が年々傾いているのは有名な笑い話だがな」

「マモ代《よ》おおおおお⁉」

「……お腹空《なか》いた」

ワイワイガヤガヤ、いつものノリで歓談していると――

「男爵は領地経営も巧《うま》くやっておるとのことだが、何か特別な施策を始めたのであろうか？」

ケンゴーが為政者《いせいしゃ》の顔つきになって、周囲に諮った。

「さすがは我が君でいらっしゃいますね。ただ『パーティーたーのしー』で終わるのではなく、どんなところからでも学び取り、成長なさろうというそのご姿勢、嫉妬《しっと》しちゃいますよ～」

「いやおまえはいつも褒《ほ》めすぎだから……」

ケンゴーは謙遜したが、レヴィ山は感心頻《しき》りだった。

政治にとんと興味のなかった先代陛下と打って変わり、今上の勤勉であらせられるところは徐々に知れ渡りつつあったが、なるほど普段の意識からして違う、と。

「しかし、アザール殿がどんな治世を行っているか、ですか……」

「誰ぞ、知っておるか？」

「あ、アタシは知ってるけど、ちょっと思い出すのに時間がかかるから待ってちょうだい！」

「……お腹空いた」

今度は他愛のない雑談ではなく、歴とした魔王陛下の諮問だ。レヴィ山たちは発言に慎重にならざるを得ない。

だがそんな中でも、マモ代はすらすらと答弁した。

「当主が代替わりして以来、男爵領の産業が急激に発展し、それ以上に税収が異様に伸長したことは、小官も興味を覚えるところでございました。それで以前、我がマンモンにも取り入れるべき政策はないかと、調査させたことが」

「さすがマモ代は抜け目がないな～。嫉妬を禁じ得ないな～」

レヴィ山はこれにも手放しに称賛した。マンモン大公ともあろう彼女が、たかが地方の一男爵の動向にも目を光らせ、貪欲に見習おうとするその姿勢がすごい。

マモ代はレヴィ山に褒められてもニコリともせず、クールにケンゴーへの答弁を続け、

「ですが、参考になるところは何もございませんでした。男爵領の産業が活発化したのは、単純に領民の労働時間が激増した結果にすぎず、税収アップもただアザールが重税を課しただけのことだったのです」

「ふむ……アザールが民を酷使し、搾取《さくしゅ》しているということか？」

「いえ、男爵が過酷な労働を強制しているような気配はなく、領民どもが急に自主的に、寝る間も惜しんで働くことに喜びを見出《みいだ》すようになったのです」

「勤労精神が芽生えたのは、自身らのためにもよいことかもしれぬが……しかし、それでどれだけ報酬を得られようと、今度は税で持っていかれるだけなのだろう？」

「御意《ぎょい》」

「よくそれで民が耐えていられるものだな……？　魔界の民の気質を鑑《かんが》みれば、クーデター待ったなしではないのか……？」

ケンゴーがひどく不思議そうに首をひねっていた。納得いかなそうに憮然《ぶぜん》としていた。心なしかジェラシーを感じているようにも見えた。よほど聞き捨てならない話題らしい。

「はい、我が陛下《マインカイザー》。それが奇妙なことに領民どもは、新領主へ怨嗟《えんさ》の声を上げるどころか、敬愛してやまぬ様子とのことで」

「気味の悪い話だな……。従業員のやりがい搾取を続けた某ブラック居酒屋でも、そこまではなかったであろうに」

首を竦《すく》めるケンゴー。口調には批難の色も混じっている。

レヴィ山には某ブラック居酒屋うんぬんはよく理解できなかったが、気味が悪いというのは全く同意だった。

ともあれ、この話は「意味不明」という結論で一旦《いったん》、打ちきられたのだ。


――と。


そんな昨夜の話を今、レヴィ山は妹が眠る水晶を前にして、思い出さずにいられなかった。

(キナ臭《くせ》えとは思ってたけど、どうやら話がつながってきたな……)

両目に魔力を込めて、巨大な水晶の形をした魔法装置を観察する。

表層部をびっりし覆い尽くす魔法術式と、内部で渦巻き妹の全身にからみつく術式が、レヴィ山の「眼」には映っていた。

あまりにも膨大で、あまりにも複雑怪奇な、不穏極まる文様の羅列。

（こんなん読み解けるとしたら、我が君くらいだろ……）

チームを組んで、何か月も研究すれば話は別だろうが。少なくともレヴィ山の独力では、一瞥《いちべつ》即解というわけにはいかなかった。

それでも、レヴィ山はつぶさに観察を続ける。なにも完全解読する必要はないのだ。水晶の中に閉じ込められている妹を、助け出す糸口さえ見つかればそれでいい。

この装置は恐らく、シトレンシアが持って生まれた魅了の魔力を抽出し、増幅し、且《か》つ利用しやすいように変換加工するためのものに見える。

加工された魔力は、水晶の底部から管のように地中深くへと伸びていき、そこからさらに遠く、四方八方へと分岐していく。

これも恐らく、行きつく先は男爵領内の各市町村だ。ここと同じように魔法装置が地下に埋められていて——現代日本でいうところの変電所のような機能を果たし——住人たち全員にシトレンシアの魅了の魔力を行き渡らせ、影響を及ぼしているのではないだろうか。

「そうやって領民たちを知らず知らずのうちに洗脳し、アザールを敬愛するように仕向けてるわけか……」

「ふむ、ご名答だよ。まさかそこまで見破るとはね。『嫉妬』の魔将、げに侮《あなど》るべからずだな」

声が聞こえた。老シトリーのものではない。

振り返ればアザールが、出入り口の大扉を開けて現れた。

その後ろには、眼鏡《めがね》をかけて髪をオールバックにした執事の姿も。

バレるのが早い。老シトリーが密かに連絡したというよりは当然、侵入者対策で警報の類《たぐい》が届く魔法仕掛けでもあったのだろう。

「招かれざる客をお連れされては困りますな、義父殿」

アザールが老シトリーを、チクリと咎《とが》めた。

深刻な批難ではない。面倒事を避けたかっただけで、バレたらバレたで別に構わないとばかりに開き直っている。

老シトリーも肩を竦めるだけで、反省した色はない。

そんな二人の悪びれない態度にレヴィ山は苛立《いらだ》ちながら、

「今すぐシトレンシアを解放しろ。おまえさんならできるんだろう、アザール！」

「お断りだね。ただでさえこのところはパーティーのせいで、妻を外に出している時間が長いんだ。今しばらく魔力を領内に行き渡らせなければ、洗脳が解けてしまう」

アザールは弁明するでもなく、いけしゃあしゃあとほざいた。

「テメエッ!!」

「そういきり立たないでくれたまえよ。その中に入っていても、妻の健康や命に別状はない。当然だろう？　私とて妻には長持ちしてくれないと困るんだ。仮死状態になっているのも、それが彼女の心身に最も負担がないからだよ」

「そういう問題じゃねえってんだよぉ！」

レヴィ山は激昂《げきこう》する。


アザールの口ぶりでは――ならばパーティーも何もない普段は――一日の大半をシトレンシアは、この水晶の中へ幽閉されている様子。

夢を見ることもできない状態で、孤独に放置されている様子。

それはもうまともも生活、まともな人生とはいえない。

生きながらにして死んでいるに等しいではないか！


こんな惨《むご》い真似《まね》を妹にしておいて、しかしアザールは罪を懺悔《ざんげ》するでもなく、

「まあ、兄である貴公からすれば、心情的に許せないだろうね」

「あくまでオレちゃんのお気持ちの問題だってぬかすのか⁉」

「そうだよ。私は別に法を犯しているわけでも、悪事を働いているわけでもないのだ。私は領主で、私の妻や領民をどのように扱おうと、自治権で認められている範疇《はんちゅう》だ」

だからレヴィ山にバレたくはなかったけれど、まあバレたらバレたで別に構わないのだと、アザールの堂々とした態度がそう物語っていた。

「そして私は、領主として当然の責務を果たしているにすぎない。こんな小領が富み栄えるこ

とができたのも、その魔法装置があればこそだ。私は偉大なる魔王陛下に所領を賜《たまわ》った貴族として、この土地をより発展させていかなければならないのだ」

「領民を洗脳して、馬車馬みたいに働かせて、そのアガリをかすめとっているだけのどこが発展だ⁉　アアッ⁉」

「先日、言ったはずだよ？　私が蓄財に血道を上げているのは、全て陛下のお力になりたい一心だとね。貴殿もレヴィアタニア大公なら、冷静になって考えてみたまえ。我ら為政者にとって、領民など家畜も同様。そして、魔界に生きとし生ける全ての民草《かちく》は、陛下の財産に他《ほか》ならない。ならば連中には陛下の御ため、経済動物としての役割を最大限に全うさせることが、政治《まつりごと》の本質といえるのではないか？」

「よくもぬけぬけと……」

レヴィ山は悪態をついた。

でも、にわかに反論できなかった。

アザールが畳みかけるように雄弁を振るう。

「私欲がないとは口が裂けても言わない。だが、陛下のますますのご繁栄が第一にあり、その後に仕える我らも栄達を望める。御恩と奉公――今さら貴公に説法するまでもない、封建制度の礎《いしずえ》だ。我ら貴族とはかくあるべきだと、私はよくよく心得ているだけだ」

アザールは胸を張り、どこまでも堂々と主張を続けた。

言い逃れのための方便ではなく、己《おのれ》の正義を信じている男の態度だった。

（……一理ある……あるって認めるしかねえ……っ）

アザールの言う通り、これはあくまでレヴィ山のお気持ち案件なのだろう。

実際、サ藤やマモ代辺りなら、迷いなくアザールに賛同するだろう。

当のレヴィ山だって、妹が被害を受けているから否定的なだけで。そうでなければ一男爵が領民をどう無下《むげ》に扱おうと、「ヨソはヨソ。ウチはウチ」と気にも留めなかっただろう。

綺麗事《きれいごと》ではない、それが本音でいただろう。

「おまえの主張はわかったよ、アザール。まあ、為政者としちゃ正しいんだろうよ。だ、だけどオレは認めねえ！」

レヴィ山は咆《ほ》えた。

アザールがどんな屁理屈《へりくつ》を罷《まか》り通そうが、大切な妹を犠牲にするつもりなら許さない。それも綺麗事ではない、レヴィ山の本音だ！

「ははは、威勢の良いことだ」

ずっと傍観者を気取っていた老シトリーが、口の端を吊《つ》り上げた。観劇に興じる見物客が、この展開を待ってましたといわんばかりの態度だった。

「やれやれ、聞き分けのないことだな」

弁舌の徒として振る舞っていたアザールが、熱が冷めたように肩を竦めた。

「最後に一つだけ言っておきたい。私の妻は――貴公の妹は、自ら望んでその魔法装置に身を投じている」

「ウソつけテメエ！」

「嘘《うそ》ではないよ。回り回って陛下のお役に立てるのならばと、これくらいの苦役はむしろ本望だと、妻なりのやり方で今上に忠義を捧げているのだ」

「いい加減、黙れ！　信じられるかそんなもん！」

喝破《かっぱ》するレヴィ山。

だが、アザールは動じない。「時間だな」と呟《つぶや》くだけ。

そして、ゆっくりと視線を動かし、巨大水晶を一瞥する。

「本当のことだと、おまえからも言って差し上げろ――シトレンシア」

「なんだとっ⁉」

レヴィ山は目を剝《む》き、視線を水晶へと向けた。

慌《あわ》てて後ろを振り返った。

妹が、シトレンシアが目覚めていた。

装置の外へ排出され、仮死状態から戻り、すぐには立てないのか、まるで生まれたての小鹿のようにうずくまっていた。

瑞々《みずみず》しい裸身のあちこちはまだ、水晶が粘液化したもので汚れていた。また全身から滴らせ、石畳の床を濡《ぬ》らしていた。儚《はかな》げな妹の表情と仕種《しぐさ》も相まり、どこかエロティックな風情《ふぜい》だった。

そんなシトレンシアが息も絶え絶えに答える。

「夫の言う通りです……。私は陛下の御ため……望んでここにおります」

聞いてレヴィ山は表情を強張《こわば》らせる。

耳を疑いたくなる言葉だったが——それが現実であった。

†

「なんでだ……どうしてだよ、シトレンシア……?」

敬愛する兄が訊《たず》ねてきた。

声から、顔つきから、ひどく心配してくれていることが窺《うかが》えた。

シトレンシアは咳《せ》き込んで、すぐには返答できない。寸前まで魔法装置に入っていた彼女は、まだ産み落とされた胎児《たいじ》のような状態で、咽頭《いんとう》に粘液状の水晶がからんでいた。

こちらを見る兄の目が、ますます不安げなものになる。

シトレンシアは荒い呼吸を整えながら答えた。

「レヴィ山兄さま……二人きりでお話しできないでしょうか……？」

「当たり前だろっ」

懇願すると、兄はすぐさまうなずいてくれた。

「おお、それがいい。ぜひ、そうするといい」

アザールもまた、さも理解のある夫面《おっとづら》で言った。

そのくせ魅了の魔力を恐れ、シトレンシアとは絶対に目を合わせようとはせず、

「おまえが決して無理強《じ》いされているわけではなく、まして魔法で洗脳されているわけでもないことを、兄君によくよく調べてもらってくるといい」

「はい……そうさせていただきます」

シトレンシアは心の通っていない礼を言い、最後に父――老シトリーの表情を盗み見る。

父はあくまで傍観者のような態度を装い、何も口を出さなかった。

ただ、拍子抜けしたような、まるで退屈した見物客のような、その顔が印象的だった。

ともあれこの場は解散の流れになり、兄には男爵家居城の貴賓室で待っていてもらう。

シトレンシアも浴場で全身にこびりついた粘液を洗い流し、着替えると、すぐに向かう。

兄はソファではなく窓辺に立って、薄っすらと白み始めた空を眺めていた。

「ちゃんと話してくれるんだよな？」

こちらに気づくと席を勧めてくれながら、自身は窓辺に立ったまま訊ねてきた。

シトレンシアはすぐには答えず、代わりに質問を返す。

「私と兄さまが初めて出会った日のことを、憶えていらっしゃいますか？」

「そりゃもちろんだけど……」

兄は即答してくれつつも、こちらの意図をつかみかねて困惑。

シトレンシアは「ごめんなさい」と心の中で謝りつつ、そんな兄の顔をしばし見つめる。

もう何年ぶりかも憶えていない、せっかくこうして二人きりになれたのだから、結論を急《せ》くのではなく、ゆっくり昔話に花を咲かせたっていいだろう。

そのくらいの贅沢、許されるだろう。

兄もこちらの想《おも》いに気づいてくれたのか、

「そうだな。時間はあるよな」

苦笑いを浮かべると、対面に腰を下ろした。

シトレンシアはさらに近くなった兄の顔を、じっくりと眺めた。

魔族は十五歳くらいを境に、加齢によって容貌《ようぼう》が変わることがなくなる。だから、彼女の記憶の中の兄の顔は、ずっとずぅーっとこの顔だ。

「ホントに大きく……綺麗になったよな……」

兄もシトレンシアの面立《おもだ》ちを眺めるようにして、成長ぶりを褒めてくれた。

同時に、懐《なつ》かしそうに目を細めていた。

そう。初めて会ったあの日、シトレンシアの方はまだ十二歳の幼い少女で――


「この淫売の娘が！」

罵声《ばせい》とともにぶたれた頬《ほお》が、激しく鳴った。

少女の華奢《きやしや》な体とはいえ、後ろに倒されるほどの衝撃だった。

シトレンシアは床にうずくまって痛みに耐える。

「よくもピエッタまで誑《たぶら》かしてくれたわね⁉　なんて恐ろしい子なの！」

だけど罵《ののし》る声と殴る手は止まらない。

相手は老シトリーの孫に当たる、嫡流《ちやくりゆう》の娘だった。

シトレンシアから見れば、一応は年上の姪《めい》に当たる。実年齢も外見も二十代後半の、いいオトナだ。しかし、ワガママ放題に育てられて放蕩《ほうとう》をくり返し、最近は庭師の青年に入れあげて逢瀬《おうせ》を重ねるという有様だった。屋敷に仕える使用人たちを普段は下賤《げせん》と呼んで憚《はばか》らないくせに、気に入った見た目の男がいるとすぐに股を開き、恋愛ごっこに本人だけが夢中になるという悪癖を昔から持っていた。

そのこと自体をシトレンシアは批難する気はないのだが――困ったことに――彼女に見初《みそ》められた男たちは、決まってその後に同じ行動をとるのである。「お嬢様がぞっこんの俺《おれ》」に歪《ゆが》んだ自尊心を抱き、気が大きくなって、他の使用人たちを見下し始める。まるで主人面を始めるというパターンだ。

そして行きつく先も毎度、同じ。庭の離れに住むという噂《うわさ》の魔性の女たち――すなわち、シトレンシアとその母に、邪《よこ》しまな興味を持つのである。

もちろん、母が老シトリーの愛妾《あいしょう》であることはすぐにわかるので、手を出そうという愚か者はいない。しかし、シトレンシアに対しては老シトリーの愛情が向けられていないこともすぐにわかるので、こっそり手を出そうという卑怯者《ひきょうもの》が後を絶たなかった。

それこそシトレンシアが、まだ年端も行かない少女だということにもおかまいなしなのだ。

「何人もの男を誑かした魔性の娘」という風聞への、好奇心の方が勝るようなのだ。

シトレンシアはそのころからいつもフードを被《かぶ》って、自衛と周囲へ被害を出さないことを心がけていた。にもかかわらず不埒《ふらち》な男どもの方から言い寄ってきて、一目顔を見ようと乱暴にフードをめくるのである。こっちがどんなにお願いしても制止を聞かず、勝手に魅了の魔力の虜《とりこ》になってしまうのである。

そうなるともうおしまいで、彼らは「お嬢様」のことなど見向きもしなくなってしまう。ピエッタという名の、件《くだん》の庭師の青年も同様だった。そして、「お嬢様」が嫉妬で半狂乱になるのもいつものことだった。

「シトレンシア！　今日という今日は許さないわ！」

――否《いな》、今回は少し様子が違った。ピエッタという青年をそんなに気に入っていたのか、いつもより凄《すさ》まじい剣幕で殴る蹴《け》るをやめなかった。

「あんたみたいなアバズレは死ねばいいのよ！　死んでピエッタを返しなさいよ！」

「ごめんなさい……ごめんなさい……ごめんなさい……ごめんなさい……っ」

シトレンシアは体を丸め、ひたすら容赦《ようしゃ》を乞うが、振りかかる暴力は一向にやまない。もうされるがままだ。妾腹《しょうふく》である自分は、家での立場が弱かった。半ば使用人のような扱いだった。反撃はおろか抗弁すら許されない。

だから命の危機を覚え、矢も楯もたまらず逃げ出すしかなかった。

しかし逃げるといっても、当てなどあろうはずもない。

庭に広がる森の、道なき道を奥へ奥へ――危ないから行ってはならないと母親に口を酸っぱくして言われた方へ、脇目も振らずに走り続けた。

そして、完全に迷子となり、途方に暮れた。

「どうしよう……」

半ベソになって歩き続けるが、足が棒になるばかりのシトレンシア。

やがて日も傾き、風が出てきた。森の奥は気温が低く、しかし防寒の用意などしていない。狼の遠吠えまで聞こえてきて、十二歳の少女にも己の末路はありありと想像できた。

とうとう歩く気力も萎え果て、その場にうずくまる。

「あーあ……」

ぼやき声が、勝手に口を衝《つ》いて出る。

生まれてからこの方、良い記憶なんかほとんどなかった。実母でさえ老シトリーの寵愛《ちょうあい》を勝ち取るのに必死で、あまり構ってはくれなかった。ずっと辛《つら》いだけの日々だった。そのあげくに行き着く先が、これか。

そんな自分が憐《あわ》れで、みじめで、涙が止まらなかった。

でも——そんな自分にも、運命はちゃんと救いの手を用意してくれていたのだ。

「あーあ！　あーあーあー、見ちゃいられねえよ」

声をかけられた。こんな深い森の奥で。唐突に。

シトレンシアは戸惑いながら顔を上げた。

すると如何《いか》にも軽薄そうな青年が、へらへらと笑いながら、こちらを見ていた。

「立てるかい？　立てないなら、抱っこしてやろうか？」

「ま、まってっ。こっち見ないでっ」

当惑していたシトレンシアだが、我に返って顔を背ける。この青年が誰かはわからないが、魅了の魔力の餌食にするわけにはいかなかった。

「へーき、へーき。オレちゃんたち兄妹だからさ、そいつぁは効かないよ」

「……え？　……きょうだい？　……おにい……ちゃん？」

「そそ。リヴァイって言うんだ。よろしくな、シトレンシア」

チャラ～く片目をつむって、青年は右手を差し出した。

にわかには信じ難《がた》い話だった。でも、母が昔は別の貴家で愛妾として囲われていて、そこで一子を儲《もう》けていたことは知っていた。母はその「息子」のことをほとんど語らなかったし、幼いシトレンシアが理解するには複雑すぎる関係性だったけど、とにかく自分に「兄」がいることだけは知っていた。

そして、自分と目を合わせて頭がおかしくならなかった男は、父親を除けばこの人が初めてだった。特別な人だというのは間違いなかった。

だからシトレンシアがおずおずとその手をとると、優しく、でも力強く引っ張り起こしてくれた。抱っこもしてくれた。優男《やさおとこ》に見えたのに、リヴァイの腕は逞《たくま》しかった。

（おにいちゃんって……こんなかんじなんだ……）

初めて知った。

父親の愛を与えられなかったシトレンシアには特に、新鮮且つ強烈だった。

「家まで送るよ」

リヴァイはそう言ってゆっくりと歩きながら、いろいろな話をしてくれる。

二人の複雑な関係や生い立ちも、幼いシトレンシアにもわかるように――生臭い話はオブラートに包んで――してくれる。

リヴァイは話し上手で、他愛無い雑談一つとっても、大いに笑わされた。今日あった嫌なことなど、どうでもよくなるほどだった。

何より兄の腕の中は温かくて、頼もしくて、世界一安心できる場所だと思えた。

「また……会える……？」

森が開け、屋敷の高い屋根が見えてきて、シトレンシアはぎゅっと兄の胸元《むなもと》をにぎり締める。

「ゴメンなー。それ無理なんだわー」

兄はへらへらと笑っていたが、シトレンシアを見るその瞳《ひとみ》は寂《さび》しげに揺れていた。

「本当は今日、会うのもダメだったんだ。一回でも接触したら、そのことを老シトリーは後で気づく。あのジジイなら絶対に気づく。オレちゃんが二度とシトレンシアに近づけないように、今後は厳重に警備の網を張る。あのジジイからすりゃ、母ちゃんがヨソの男とこさえた子どもなんて、目障《めざわ》りでしょーがないだろうからな」

兄の言うことは幼いシトレンシアには難しくて、半分も理解できなかった。

ただ、また会うことができないのは妹のことが大切じゃないからではなくて、仕方がない事情があるからなのだと、一生懸命伝えようとしてくれていることはわかった。

悲しいけれど、本当に悲しいけれど、納得するしかなかった。

涙を見られないよう、兄まで悲しませないよう、うつむくシトレンシア。

「でも手紙を書くよ。老シトリーにもバレないように、こっそり魔法で届けるよ」

「ほんとっ？」

シトレンシアはその顔を撥《は》ね上げた。まだ乾いていない目で、兄の顔を見つめた。

「それなら寂しくないか？　我慢できるか？」

「うんっ。うんっ」

シトレンシアは兄の胸に顔を埋め、頬ずりした。

最後にいっぱい、甘えておいた。


「――その次の日からもう早速、レヴィ山兄さまはお手紙をくださいましたね。三日と空けず、本当にたくさんのお手紙を」

兄との出会いを思い返すと、シトレンシアはいつも胸が温かくなる。

「ぶっちゃけウザくなかったか？　限度があるだろって思わなかったか？」

なのに兄はおどけ、反省するように天井《てんじょう》を仰《あお》いだ。

それが照れ隠しだとはわかっていたが、シトレンシアはムキになって否定する。

「ウザかったわけがありません！　うれしかったです……いただいたお手紙は全部、とってもうれしかったです……っ」

きっとこの兄は知るまい。

血が通っているとは思えない父と、こちらを見向きもしない母、敵愾心《てきがいしん》を向けてくるシトリーの正妻や嫡流の子らに囲まれて育った自分にとって、この兄のくれる手紙だけが日々の慰みだったことを。生きる希望だったことを！

「……そか。なら、よかった」

まだ照れ臭いのか、兄ははみかみ笑いになった。でも、兄もうれしそうだった。

それから一転、申し訳なさそうになると、

「じゃあよう、あんまり手紙を書けない時期があっただろ？　あん時は悪かったな」

「いいえ、仕方がありません。レヴィ山兄さまがお家を継いで、とても忙しくなったからだと聞いております」

「そうなんだよ～。まさかオレちゃんが魔将閣下にさせられるとは思ってなくてさ～。全然、心の準備ができてなかったし、身の丈に合ってないにもほどがあってさ～。慣れるまではそりゃもう忙しくて、マジで目が回るかと思ったよ～」

今じゃもう笑い話だとばかりに、兄はへらへらと言った。

韜晦《とうかい》にもほどがある。

当時、この兄は大切な家族を三人も失い、しかもレヴィアタン家を継ぐために周囲の猛反対と戦っていたことを、シトレンシアは知っていた。

当時、母から饒舌《じょうぜつ》に聞かされたからだ。「腹を痛めて産んだ息子が、憎き正嫡の子らを出し抜き、大公家を乗っ取った」自慢話として。

祝杯を上げる母の脇でシトレンシアは、「兄さまはどれだけお辛い想いをしているのだろうか」「悲しい想いをしていらっしゃるのだろうか」と胸を痛めた。

そして、にもかかわらずこの兄は、そんな辛さや悲しさなどおくびも出さずに、いつもと変わらない明るい文面で手紙を出し続けてくれたのだ。

送ってくれる頻度《ひんど》が減るくらい、どれほどのことだろうか？

（あの時、慰められるべきはレヴィ山兄さまの方だったのに、私にはそれさえできなくて……。むしろ私のことを日々、励まし続けてくれて……。私はこの人に、どれだけのものをもらい続けているのだろうか……。どれだけの感謝を返せばいいのだろうか……）

だけどこの兄は、自身の辛い時分のことを、妹には悟らせたくないと思っている。

だからシトレンシアも、この話題を口に出せないでいる。

（大切な相手だからこそ……心配をかけたくないという兄さまの気持ちは……わかる）

い、い、い、い、い、い、い、い、い、い、

なぜならシトレンシアも同じだから。

きっ、と似た者兄妹だから。

「レヴィ山兄さまは今でも、お手紙をくださいますね」

「ハハッ、いつまでも妹離れできない奴《やつ》って、笑ってくれていいんだぜ？」

「最近はまた以前みたいに、たくさんお手紙をくださるようになりましたね」

「オレちゃんもやっと当主が板についてきて、余裕ができてきたかんな〜」

「ふふ。理由はそれだけじゃないでしょう？」

わかっていますよ、とシトレンシアは微笑《ほほえ》んだ。

「兄さまはケンゴーさまのことが、とてもお好きですものね」

そう、この兄との出会いがシトレンシアに生きる希望を与えてくれたように——

代替わりした新たな魔王との出会いが、ずっと失意に暮れていた兄の心を癒《いや》す転機となってくれたのだ。

「あっちゃー。バレてーら」

「ふふ、それはそうですよ。だって最近の兄さまのお手紙と来たら、ずっとあのお方の話ばかりですもの」

やれ今日は我が君が何をした、やれ今日は我が君がなんと仰《おつしや》った。

あの「憤怒《サタン》」が心服しているのがわかる。あの「傲慢《ルシファー》」が惚《ほ》れ込んでいるのがわかる。

我が君は本当にすごい、妬《や》ける、憧《あこが》れる。

そんなことばかりが楽しげな筆致で——シトレンシアを慰めるための、偽《いつわ》りの明るさで装飾された文面ではなく——これでもかと書かれているのだ。

「おかげで私までケンゴーさまについて、とても詳しくなってしまいました。まだお会いしたこともなかったのに」

「ハハハハッ！　で、いざ我が君にお会いしてどうだった？」

「レヴィ山兄さまのお手紙の通り、とても素敵なお方でした。思慮深く……何よりとてもお優しい方でした」

夫の心無い命令で、ケンゴーに夜這《よば》いしなければいけなかった時も、実は全然抵抗がなかったのは、それが理由だった。夫の命令関係なしに、ケンゴーに抱かれてみたいと思ったのも、この兄が心酔するほどの相手が初めての男だったら、女冥利《おんなみょうり》に尽きると思えた。

ケンゴーは「初対面なのに」と不思議がっていたが、シトレンシアはそんな気は全くしなかったのだ。もちろん手紙の内容は、兄妹二人の秘密だけれど。

「聞いてください、レヴィ山兄さま——」

シトレンシアは居住まいを正し、告げた。

思い出に浸り、昔話に花を咲かせるのは、もうおしまいだと。

ここからが本題だと。

「お、ナニナニ？」

兄は最初、安請け合いをした。

でも、すぐにこちらの態度に気づいて、ハッとなった。

兄もまた真剣に耳を傾けてくれた。

「夫は利に敏《さと》い野心家です。でもだからこそ、ケンゴーさまという素晴らしいご主君にお仕えしたいと、本気で思っています」

仮にも妻だ、それが決して口だけのことではないとわかる。

「その想いは私も同じです。夫が発明させたあの魔法装置を使えば、私のような無力な女でも、ケンゴーさまのお役に立てるのです」

そして、この兄が忠誠を捧げる魔王陛下を盛り立てることは、回り回って兄の役にも立てるということ。

今までこの兄にもらってばかりだった自分が、ようやく感謝を返せるということ。

「私が男爵家に嫁いだのは、確かに最初は父の命令でした。政略結婚のための道具でした。夫にも妻として扱うつもりはないと言われ、あの魔法装置を起動させるための道具にすぎないと言われました。私の立場では逆らうこともできませんでした」

「やっぱり無理強いだったんじゃねえか！」

「あくまで最初はです。今は男爵家に嫁いで、あの魔法装置が存在して、よかったとさえ思っています。今の私は誰かの道具ではなく、私の意思であの魔法装置に身を委《ゆだ》ねているのです」

「オレは今すぐにだって、おまえをここから連れ出したい！　アザールが邪魔をするなら、ぶっ飛ばしてやりたい！」

滅多に本音を見せてくれない兄が、シトレンシアの本気に応《こた》えてくれるように、真《ま》っ直《す》ぐすぎるほどの心情を吐露してくれた。

その言葉が、愛情が、本物の家族の存在がうれしくて、シトレンシアは涙ぐみそうになりながらも、首を左右にする。

「レヴィ山兄さまにもお立場というものがあります。シトリー家が夫の後ろ盾《だて》にいるのです。いくらレヴィアタン家だとて、事を構えるべきではありません」

「家は関係ない！　おまえのためなら、オレは家だって捨てていいんだ！」

「今度はレヴィアタン家にも恨《うら》まれます。最悪、彼らまで敵に回ります」

「構うものかよ！」

「ケ、ケンゴーさまを裏切ってしまうことになってもですか？」

「ぐっ……」

シトレンシアの指摘で、兄は渋面《じゆうめん》に変わる。

魔界においては力こそ正義だ。力があれば、多少の無法は罷り通る。

シトレンシア一人を連れていき、そのまま一生、二人で逃げ続けるだけならば、この兄ならばきっと可能だろう。

しかし、四大実力者であるアザールを、大侯《たいこう》家であるシトリーを、果ては魔将家であるレヴィアタンまでを敵に回した状態では、もうケンゴーに仕えることはできない。

あの優しい魔王陛下なら兄妹に同情し、庇《かば》ってくれるかもしれないが、すると今度はケンゴーが三家と対立することになってしまう。とてつもない迷惑をかけてしまう。

七大魔将たるレヴィ山がたかが妹のために、ケンゴーの元を去って逃亡生活を続けるか、あるいはケンゴーの懐《ふところ》に飛び込んで厄介事《やっかいごと》を持ち込むか――

どちらにせよ裏切りだ。


この聡明な兄に、そんな簡単な理屈がわからないわけがないのだ。気づいていないわけがなかったのだ。

それでも妹のために、本音を口走らずにいられなかっただけで。

自分を想ってくれる兄の気持ちがうれしくて、もう涙を我慢できない。

でもだからこそシトレンシアも、兄には忠義を優先して欲しい。

「私は男爵家に留まります。それが一番、丸く収まるのです。いいえ、私たち兄妹でずっと、ケンゴーさまをお支えしていけるのです」

「………」

兄は沈痛な表情をしたまま、すぐに返事をしてくれなかった。

でも、答えは決まりきっているのに、いつまでもクヨクヨする人ではなかった。

「……あの装置を使い続ける意味を、おまえはわかってるんだな？」

最後に一つだけ確認したい——そんな真剣な目で、訊ねてきた。

「もちろんです。あの装置がどれほどの民の尊厳を踏みにじり、望まぬ重労働を課しているものか、夫一人の罪ではありません。私も承知と覚悟の上で、それでも——」

「そんなことはオレにはどうでもいい！　綺麗事でおまえを責められるほど、オレだって上等な奴じゃない！」

「でも……では……」

「あの装置を使い続ける限り、おまえは生きながら死んでいるようなもんなんだ！　おまえはそれで本当にいいのかよ？　おまえの幸せはどこにあるんだよ……？」

（私の幸せはどこにあるのか……？）

自問するまでもない、決まりきっている。

この兄がくれる手紙だけが、日々の喜びだった。生きる糧《かて》だった。

今までずっとそうだった。

シトレンシアの人生は、それ以外は全部、全部、全部、苦痛ばかりで満ちていた。

だったら、一日の大半を死んだように眠っていたところで、どれほどの違いがあるのか？

（でも、それをレヴィ山兄さまには打ち明けたくない）

大切な相手だからこそ、心配をかけたくないから。

いいいいいいいいいいいいいいい
似た者兄妹だから。


シトレンシアは何も答えず、最後に、兄に甘えた。

「手紙をください。
これからもいっぱいください。
兄さまが元気にしておられるか、
ケンゴーさまがご壮健でいらっしゃるか、
たくさん、たくさん、書いて送ってください。
私はそれを楽しみに待っております」

夢も見ない眠りの中でも、それだけを楽しみに、
ずっと、ずっと、待っておりますから――

†

気づけばレヴィ山は、迎賓館《げいひんかん》に帰っていた。

妹に暇《いとま》を告げた後、どこをどう歩いてきたのか、記憶がない。

日は既に眩《まぶ》しいほど高くなっている。

男爵家の居城からここまで、さほど距離はないはずなのに。まるで出口の見えない迷路の中かのように、ずいぶんとまあ彷徨《さまよ》い歩いていたらしい。

「寝よう……」

自分が宛がわれた寝室へ、レヴィ山は幽鬼のように歩いていく。

心身ともに疲れ果てていた。今なら悪夢に魘《うな》されることもなく、泥のように眠れそうだった。

館内では未《いま》だパーティーが続いている。

中庭の方から、談笑の声と楽団の音が聞こえてくる。

耳障りなそいつらに背を向けて、寝室のある五階へ向かう。

「遅いお帰りですね、閣下」

寝室には、フォカロル公のご息女が待ち構えていた。

気の置けない幼馴染《おさななじみ》だが、今は誰とも話をする気分じゃない。

無視してベッドに転がろうとするが、彼女に行く手を遮《さえぎ》られる。

「……なんだよ?」

レヴィ山は機嫌が悪いのを隠しもせず、尖《とが》った声で訊《き》いた。

「陛下がお待ちです。お帰り次第、すぐに参上するようにと」

彼女は能面のように顔色を消して、平板な声で答えた。

しかし、おかげで眠気が吹き飛ぶ。

「我が君が……?　わかった」

どれだけメンタル状態が最悪だろうと、ケンゴーのことは無視できない。

レヴィ山にとってそれだけは、ない。

彼女も手伝ってくれて、最低限の身支度だけを急いで整え、すぐに向かう。

いったい何事であろうか?

ケンゴーは最賓客用の寝室に隣接する、専用の居間で待っていた。

玉座のように置かれた肘《ひじ》掛《か》け椅子《いす》に浅く腰かけ、うなだれ、両手で顔を覆っていた。

いつも泰然と魔王風を吹かすこのお方とは思えない、苦渋のポーズだった。

王の右にはルシ子《こ》が不機嫌面で突っ立っていて、レヴィ山とは目も合わせようとしない。

左にはマモ代が冷酷な顔つきでいて、咎めるような鋭い眼差《まなざ》しをこちらへ向けていた。

さらにはアス美《み》が長ソファで見物人を気取り、ベル乃《の》がテーブルで飯を食っている。

空気が重く、物々しかった。

レヴィ山は自分がまるで、これから裁きにかけられる罪人になったような気分に陥《おちい》る。

「……マジでこれ、いったい何事でしょうか……？」

さっぱり見当がつかず、困窮してケンゴーに訊ねる。

でも答えてはくださらなかった。いと穹《たか》き今上陛下とは思えぬ弱々しい態度で懊悩《おうのう》し、情けない声で唸《うな》り続けていた。

代わりにまず、ルシ子が答える。

「アンタの胸に手を当てて、考えてみなさいよ」

言われた通りにやってみたが、何も心当たりはない。

代わりに今度は、マモ代が言う。

「夜中にこっそり抜け出したかと思えば、アザールや妹御とずいぶん楽しい話をしていたな？」

「尾《つ》けてたのか⁉」

「小官の飛ばした『眼』だけでだがな」

情報収集にも貪欲で、探知魔法の達人であるマモ代がさも当然のように言った。

「悪趣味な奴！」

「クク、小官らしかろう？　一方、貴様はらしくもない。いつもの貴様ならば、小官の『眼』

に気づかないわけがない。よほど平静ではいられなかったと見えるな」

まだまだ修業が足りないと、傣将《りょうしょう》が嘲笑《ちょうしょう》する。

しかし実際、粗忽《そこつ》にもすぎる。

（なんてこった……）

レヴィ山は猛省した。

あの魔法装置や妹の悲愴《ひそう》な覚悟のことは、全て胸にしまっておくつもりだった。

親愛なる魔王陛下に心配をかけたくなかった。純粋にパーティーを最後まで堪能していただき、愉快な気分のまま魔王城へご帰還願うつもりだった。

レヴィ山も一晩寝れば、また軽薄の仮面を付け直して、へらへらできる自信があった。

（でも我が君に、全部知られてしまったのか……）

あまりに申し訳なくて、主君に合わせる顔がなくて、レヴィ山はうなだれる。

すると入れ替わりに、ケンゴーが顔を上げた。

両手で隠れていたその表情は、ひどく引きつっていた。震えていた。蒼褪《あおざ》めていた。

今にも泣き出す寸前に見えた。

何かとてつもない恐怖に怯《おび》える、どこにでもいる平凡な少年のような顔だった。

そして、蚊の鳴くような声で言い出した。

「本音を言えば、余は戦うことが嫌いだ……恐ろしくて堪《たま》らん……」

レヴィ山はうなだれたまま、心の中でうなずく。

(御身《おんみ》は無益な戦いがお嫌いですもんね。わかってます。存じてます)

この王は人界を征服するに当たっても、可能な限り流血沙汰《ざた》を避ける。

ベル原《はら》がしばしば激賞する通り、戦わずして勝つような策謀を好む。

決して臆病なわけではないだろう。勇気無き者に、あの「断罪《ダムナ・ティオ》」の天使を一騎で討ち取ることができるはずもない。

戦いという行為はエスカレートしていくと、ただ敵を屠《ほふ》るだけではなく味方をも損ねることになりかねないのだと――その恐さを知る、王の中の王であらせられるというだけだ。

(でもだからこそ、アザールや老シトリーと我が君を対立させるわけにはいかない。あいつらは味方につけるべきで、我が君にとって頼れる戦力になるはずだ)

それもわかっていると。承知していると。

レヴィ山は内心、何度もうなずいた。

なのに――

「だが、余はレヴィ山のことが可愛《かわい》い……っ」

ケンゴーは言った。まるで慟哭《どうこく》するように。
苦渋に苦渋を塗り固めたような決断を、恐《こわ》くて怖くて仕方がないけど口にするように。
「余とてシトレンシアを助けたいっ」
もう全身で震えながら、半泣きになりながら、しかし、きっぱりと言ったのだ。
言ってくれたのだ。
「余はアザールを許さん……！　逆らうというなら戦《いくさ》も辞さん……！」
信じられないほどあり難い言葉が、次々とケンゴーの口から聞こえてくる。
レヴィ山は我が耳を疑った。
己に都合の良い夢を見ているのではないかと疑った。
でも、どれだけ確認をくり返しても――これが現実だった。
胸が詰まる。
感激で打ち震える。

「よろしいのですか、我が君！」

男が涙ぐんでるなんて僚将たちにバレるのが嫌で、叫んで誤魔化《ごまか》す。

「いいわけないだろうっっっ」

ケンゴーがヤケクソになって叫び返す。

「余は前線を離れ、パーティーに参加しに来ただけなのに……。今回はなんだかんだ平和だなって、ようやく楽しんでいたところだったのに……。ああ、クソ！　クソっ……こんな予定ではなかった……こんな計算になかった……。だけどシトレンシアのことを知ってしまったら、仕方がないだろうがよ！　クソ……クソッ……余は魔族が嫌いだっ。どいつもこいつも悪いことばかり企《たくら》みおって……っ！」

そうして子どもみたいに悪態をつけばつくほどまるで、「でもおまえたちは大好きだ」と言ってくれているように聞こえた。

「水臭いのよバカ！」

ルシ子もそっぽを向いたまま、憎まれ口を叩《たた》いた。

「『全部、オレちゃんの胸にしまっとこう』とでも思ってたわけ～？　レヴィ山の分際で～？　どうせ妙なプライドが邪魔してたんじゃないの？　はーダッサ。ナサケナ～」

「ハハッ、おまえが言うなよ」

レヴィ山はツッコむが、いつものようなキレが出ない。口元が緩んで出せない。

「小官は反対だった。我が陛下《マインカイザー》にも進言した」

マモ代が軍刀のような眼差しで、貴様の不手際だと言わんばかりににらみつけてきた。

「たかが貴様の妹一人を助けるために、連中と事を構えるなど全く割に合わん。だが、我が陛下《マインカイザー》は存外に頑固なところがおありだからな。これは大きな貸しだぞ、レヴィ山」

「ハハ……ケツの毛までむしられそうで恐いな。でも、わかったよ」

苦笑いとともに腹を括《くく》る。

すると、目の前に何かが飛んできた。ベル乃が投げ渡した柑橘類《おすそわけ》だった。

「……腹が減っては戦はできない」

「まさか、おまえまで協力してくれるのか？」

普段は食べること以外、一切《いっさい》何もしようとはしない奴なのに。

「妾《わらわ》は戦がさほど得意ではないゆえ、ベル乃の参加は助かるのう。合わせてちょうど魔将二人分相当というものであろ」

「アス美……」

当然のように協力してくれるどころか、冗談を飛ばすことで気遣い無用と暗に示してくれるオトナの女に、レヴィ山は惚れてしまいそうになる。

「言っておくが、こんな下らぬことでマンモン軍は一兵たりと使えんからな。期待するなよ」

「そりゃここにいるみんな一緒でしょーが！」

「まあ、私事であるしのう」

「代わりと言ってはなんだが、サ藤とベル原に招集をかけておいた。明日には到着の予定だ」

「ほんとマモ代は用意周到ね〜。アタシは別にあいつら要らないと思うけど、ま！　あいつらハブったら絶対に後で根に持つしね！」

「すると主殿を合わせて、妾ら八名だけで戦争か」

「足りんか？」

「まっさか！　アタシ一人でオーバーキルだってての！」

「……お腹空いた」

ワイワイガヤガヤ――いつものノリでルシ子たちが、はしゃぎまくる。

（すまねえ……兄貴たち……）

そんな僚将たちを見て、レヴィ山は天を仰いだ。

目を閉じ、亡き兄たちに謝罪した。

家の後を継ぐのは、本当は気が重くて仕方なかった。兄の遺言だから、仕方なくだった。

だけど、今、初めて、レヴィ山は思う。

（オレは七大魔将になれてよかったよ……。こんな素晴らしいお方に側仕《そばづか》えできて、こんな気持ちのいい奴らが同僚にいて、マジでよかったよ……）

少年に戻ったかのような気分で、鼻をすすりながら報告する。

第七章　七大魔将

峻厳《しゅんげん》なるヘルモン山の麓《ふもと》に、男爵領首都アッザは整然たる街並みを真円状に広げている。

正午――南天する太陽とは別に、第二のそれと見紛《みまが》うほどの烈光が、ヘルモン山の中腹に突如として誕生した。

その激しい光はアッザ全域に降り注《そそ》いだかと思うと、すぐに消え去った。

当然、市民は何事かと騒然となった。よほど魔法に精通しているか、軍事に関する知識がないと、この怪光現象の正体はわからなかった。

まさか戦術級魔法によって、自分たちの町一つが特殊な結界に閉じ込められてしまったのだとは、想像もしなかった。


「開戦の準備が整いました、我が陛下《マインカイザー》」

マモ代《よ》が深々と腰を折る。

今の怪光現象は彼女の仕業――戦術級魔法に必要な、莫大な魔力を練り上げ、複雑な術式を組み上げた結果である。

かかった時間は五分足らず、涼しい顔でやってのけたが、本来ならば数十人、数百人がかりで取り組む儀式魔法だった。まったくマモ代の術巧者ぶりの発露だった。

「うむ、大儀である！」

ケンゴーも惜しみなくマモ代をねぎらう。

連日に亘《わた》るパーティーも終了し、アッザに来て五日目に当たる昼現在。

ケンゴーは勢ぞろいした七大魔将らとともに、岩山の中腹に陣取っていた。

山麓《さんろく》に広がる首都と、そのほぼ中央部に建つ男爵家居城を見下ろしていた。


魔界においては古来より、戦争を始めるための作法がある。

戦場に《転移禁止結界《ノーリープオアダイ》》を張り、瞬間移動魔法や同種の力を持つ魔道具を封じるのだ。

これは攻城戦においては特に重要で、さもなければ防衛側は敵軍に好き放題、外郭の内側へ攻め込まれてしまうし、攻撃側は軍事標的――この場合はアザールやシトレンシア――にあっさり逃亡されてしまいかねない。

人族には至難の瞬間移動魔法でさえ、使い手に事欠かない魔族同士で戦うための、先人たちが生み出した工夫といえよう。

「では我が陛下《マインカイザー》、宣戦のご布告を」

「うむ」

続いてマモ代は恭《うやうや》しい所作で、虚空に魔法陣を作り出す。

光でできた直径三十センチほどのその陣に、ケンゴーは右手を当てる。

するとアッザ上空に、自分の巨大バストアップ幻像が映し出される。

『「余はケンゴー。魔王ケンゴーである」』

ケンゴーはしかつめらしい顔を作って、厳《おごそ》かに名乗りを上げた。

その動作に合わせて、上空のバストアップ映像も魔王風をびゅんびゅんと吹かす。声も複製、拡大されて、アッザ全域に重低音が響き渡る。

『「皆、四日四晩の祭は大いに楽しんだであろうか？　余もこたびの遊宴には参加していた。表向きには男爵アザールの招待を受けてのことだが、真の理由は別にある。かねてより男爵には謀反《むほん》の疑があり、確認のために腰を上げた次第である。余は密かに手の者を使い、厳正なる調査を行わせた。結果、疑惑ではなく男爵に叛意《はんい》アリとの確信に至った――」』

このスピーチ内容もまたマモ代が用意したものだ。

嘘《うそ》八百、言いがかりもいいところだが、真に迫って聞こえるように昨夜さんざん練習した。

やると決めればケンゴーは手を抜かないし、手段も選ばない。それが臆病者《ヘタレチキン》の戦い方だ。

『「余は寛大なる王である。愚かな領主の野心に巻き込まれ、民と町が灰燼《かいじん》と帰すのも忍びぬ。ゆえに男爵夫妻が自ら出頭するのならば、酌量《しゃくりょう》の余地を与えることをここに約束する。だが、あくまで余に従わぬと申すならば――このケンゴー、容赦《ようしゃ》はせぬ。町を焼き、民ともども一切合財《いっさいがっさい》を叩《たた》き潰《つぶ》し、その骸《むくろ》へ余に逆らった愚かしさを刻んでやるとしよう。男爵よ、一時間だけ猶予《ゆうよ》を与える。何が貴様にとって最も幸いか、よくよく考えるがよい』

言い終えると、ケンゴーは魔法陣を解呪する。

上空に映し出されたバストアップ像も消失する。

「くっく、アッザは蜂の巣をつついたような騒ぎじゃな」

麓を眺め見て、アス美《み》がころころと笑った。

（なんにも事情を知らない住民からしたら、寝耳に水ってレベルじゃないもんなあ……）

例えは悪いかもしれないが、難破船から一斉に逃げ出す鼠《ねずみ》よろしく、住民が町から退去してくれたらケンゴー的にも助かる。戦《いくさ》に巻き込まずに保護できる。

しかし、それは望み薄だった。

パニックになった市民たちでしっちゃかめっちゃかになっていたアッザが、不気味なくらい急激に静まり返ったのである。

「あの魔法装置を――シトレンシアの魔力を使って、洗脳の強度を上げたんでしょうね」

「それで無理やり黙らせたってわけ？　ヤなかーんじ」

レヴィ山《やま》が吐き捨て、ルシ子《こ》が城へ向かって舌を出す。

「黙らせたどころか、住民全てを忠烈無比の兵隊に仕立て上げただろうよ」

「……お腹《なか》空いた」

マモ代が皮肉を叩き、ベル乃《の》が面倒臭そうに硬い乾燥肉を頬張《ほおば》った。


そして、ケンゴーらの前にアザールが姿を現す。


本体ではない。会談のため、本人とリンクした幻像だけを送ってよこしたのだ。

『これはいったい如何《いか》なる仕儀でございましょうか、陛下?』

さすがに困ったという表情のアザール。

ただし堂々たる態度は相変わらずだし、ギラついた目にも声にも弱々しいところはない。

焦《あせ》って最初から泣きついてくるのではなく、まず徹底抗戦の構えを用意してから話し合いに臨むのも、惰弱《だじゃく》や無能とは程遠い証左だ。

こういう腹の据わった手合いに、交渉など無意味だ。

「どうもこうもない、シトレンシアを余に差し出せ。さもなければアッザごと処断する」

ケンゴーも呑《の》まれないよう、一層の魔王風を吹かせて相対する。

『賢明にして分別をお持ちの今上陛下、どうか無体を仰《おっしゃ》いますな。妻がいなければ、このような辺境小領を発展させることは不可能でございます。それでは臣は、これ以上の栄達を望むことができなくなります』

「シトレンシアを差し出せば、褒美《ほうび》にそれなりの身分や官位をくれてやる。以後の働き次第では、子爵か伯爵にもしてやる。それで納得せよ。一代での立身としては十二分であろう？」

『畏《おそ》れながら不服ですね。その程度の地位で、臣に生涯を終えよと？　それは臣に死ねと仰っているようなものだと、なぜおわかりになってくださりませぬか』

「なら死ね。シトレンシアを奪うついでに成敗してくれる」

先ほどのスピーチが宣戦布告ならば、これがケンゴーの最後通牒《つうちょう》。

そう理解できないアザールではないだろう。

『やれやれだ』

嘆息すると、表情がガラリと変わった。今まで絶やさなかった今上魔王への敬意らしきものが、一切抜け落ちた。

『愚王――貴様も先代と同じだ、ケンゴー。私の忠義もその価値も理解できぬ暗君だ』

片頬を吊《つ》り上げて嘲《あざけ》ると、アザールの幻像が消失する。

捨て台詞《ぜりふ》ではない。暗愚如《ごと》きに負ける気などしないから、かかってこいという宣言だ。

「無礼な！」

と魔将たちがいきり立っていたが、ケンゴーは「捨て置け」と宥《なだ》める。

「それよりも、一時間を待って侵攻を開始する。各々、戦意を養っておけ。相手は四大実力者の一角に、その後ろ盾《だて》となる老シトリーもおろう。ゆめ侮《あなど》るなよ？」

「「「御意《ぎょい》」」」

「アタシだったら油断してたってオーバーキルよ！」

約一名と妖怪《ようかい》オナカスイタ一匹を除き、諸将らが不敵な面構《つらがま》えで応じた。

また合流したベル原《はら》がケンゴーに向かって、

「こたびは吾輩《わがはい》にもお声がけいただき、さらには吾輩が献じた策をご採択いただき、光栄の極みでございます」

「いや、足労のみならず、ろくに情報がそろわぬ中でシトレンシア奪取作戦を一晩で立案するとは、余こそ感謝してもし足りぬ。まったくベル原は我が知恵袋よな」

ケンゴーはおためごかし抜きに言った。

今日ほどベル原の悪魔的頭脳に感謝したことはなかった。

「なんのなんの、ほぼ力押しも同然の、この『怠惰』好みではない下策にございますが……こたびに限ってはレヴィ山の溜飲《りゅういん》というものもございましょうからな。しかし、陛下にそこまでお褒《ほ》めの言葉をいただいては、いささか面映《おもは》ゆうございますな」

とダンディ中年は、自慢のM字髭《ひげ》をしごき立てる。

さらにその隣、同じく駆けつけてくれたサ藤が、

「け、け、け、ケンゴーさまの言うことを聞かない不届き者どもは、ぼぼぼぼぼ僕が全部、薙《な》ぎ払ってごらんにいれますっ」

「うむ、サ藤の意気込みや良し。頼りにしておるぞ」

ケンゴーは屈託《くったく》のない笑顔になって、弟分の両肩に手を置く。

「おっ、おっ、お任せくださいましぇ～～～～～っ」

まさに紅顔の美少年という容貌《ようぼう》のサ藤が、本当に頬を真《ま》っ赤《か》に染めてのぼせ上がる。

そんなベル原ら二人に、レヴィ山は改めて頭を下げた。

「オマエラもマジでさんきゅな。マモ代じゃねえけど、こいつは貸しにしといてくれ」

「構わん、構わん。友の窮地とあらば、たとえ吾輩が『怠惰《ベルフェゴール》』の魔将でも馳《は》せ参じるさ」

「僕はケンゴーさまのために来たんで、レヴィ山さんはどうでもいいんですけど？」

ベル原がますます得意げにM字髭をしごき、サ藤は別人になったように冷淡に応じた。

二人の反応が対照的すぎて、レヴィ山はどんな顔をすればいいんだかとばかりの苦笑い。

「こんな時まで、まったく緊張感のない奴《やつ》らだ」

とマモ代が傍《はた》で扱《こ》き下ろす。

（俺《おれ》は正直、その方が助かる……）

ケンゴーはこれから戦争を始めるプレッシャーで、胃がキリキリと痛んでいた。この上、皆までピリピリしだしたら、ストレスで絶対に吐く。

この胃痛を抱えてあと小一時間、待たねばならないのが辛《つら》い。助けを求めてルシ子とアイコンタクトをとる。

（なあ、もう攻め込んだらダメかな？）

（待つって宣言したんだから、待たなきゃ卑怯《ひきょう》でしょ。アンタ、プライドってもんはないの？）

（そもそもなんで一時間も待つの？　相手に準備する時間いっぱいやるの？）

（それが王者の戦いってものだからよ！）

ケンゴーの前世で言うところの横綱相撲をとるべしと、ルシ子は迷いなく断言する。これがこの「傲慢《プライドのかたまり》」の魔将サン一人の発言なら怪しいものだけど、マモ代が作ったスピーチに盛り込まれていたわけだから、きっと有効なのだろう。

（誰の目があるかもわかんないんだし、恥ずかしい真似《まね》はできないの！）

第三者の大魔族が目敏《めざと》く騒動に気づいて、探知魔法で観戦しているかもしれないと、可能性を示唆《しさ》するルシ子。

その場合、ケンゴーは魔王として体面を保つため、「正義は我にアリ」と嘘でも態度で示さなくてはいけないわけで。卑劣な真似をしては、戦争の正統性がますます証明できないわけで。

（わかったよ。待つよ）

こっそり胃の辺りを押さえながら、ケンゴーは不承不承うなずいた。

ルシ子も見かねてか、助け舟を出してくれて、

「誰かー、戦の前の景気づけになんかやってくれないー？」

「なぜルシ子風情《ふぜい》に仕切られねばならん？　かくいう貴様が裸踊りでもやっていろ」

「ケンゴーがして欲しそうだったから言ったんですけどー？」

「それを早く言え。我が陛下《マインカイザー》のご要望とあらば、小官が一差し舞おう――強欲音頭を」

（えっ、それはちょっと見てみたい……）

マモ代が軍帽を脱いでスカーフを頭に巻き、横笛を召喚したアス美が祭囃子《まつりばやし》を奏で、レヴィ山が音頭を取って手拍子を始め、一瞬でドンチャン騒ぎとなる。

豪胆且《か》つノリのいい魔将たちのおかげで、ケンゴーの胃痛も少し軽くなった。

†

と――そんな七大魔将たちのお祭り騒ぎを、望遠の魔法で監視しながら、

「どこまでも戯《たわ》けた奴らよ。まさに昨今の弛《たる》んだ魔族どもの象徴が如き、腑《ふ》抜《ぬ》けどもよ」

老シトリーが心底から嘆かわしげにした。

男爵家居城で最も高い、八階のバルコニー。ここからなら視力を増大させるだけで、魔王一党が陣取るヘルモン山中腹を覗《のぞ》き見ることができた。シンプルな手段だけに探知魔法と違って、抗探知《カウンター》される恐れがなかった。

バルコニーにはテラス席を用意させ、アザールと老シトリーが差し向かいで腰かけている。

周囲には互いの側近たちが居並び、警護として、あるいは幕僚団として待機する。

中でもアザールが最も信頼を寄せる男——眼鏡《めがね》をかけて髪をオールバックにした、青年執事が注進してくる。

「どんなにふざけた若僧たちに見えようと、しかし相手は畏《かしこ》くも魔王陛下であり、従えるのは七大魔将たちです。これを完全に退けるのは、私には不可能なことと思えます。どこまで抗戦し、どういう条件で講和に持ち込むか、まず真っ先にご方針を策定なされるべきではないかと、愚考いたします」

「石橋を叩くのは構わんが、叩きすぎて壊してしまっては本末転倒だぞ？」

側近の慎重論を、アザールはヘルモン山を指しながら一蹴《いっしゅう》した。

「敵はたったの八人だ。兵を伏せている気配もない。さすがにそこまで図に乗っているわけではなかろうし、要するに奴らは大軍を用意できなかったのだ」

例えばルシファーとサタンは魔界でも最古最大の権門で、その分家や陪臣《ばいしん》だけでもルキフグスやサタナキア、アガリアレプト、ブエル等々の錚々《そうそう》たる名門が、数えきれないほど並ぶ。

それらがこぞって押し寄せてきていたら、さしものアザールも白旗を上げていた。大人しくシトレンシアを差し出していた。

だが状況は違う。魔王と魔将たちの「権威」に怯《おび》えるのは、愚の骨頂だ。

「謀反だなんだともっともらしいことをケンゴーは並べ立てていたが、大義名分となる証拠がないのだ。だから連中も正統の手段を以《も》って挙兵できない」

「なるほど……恐れ入りましてございます」

「この私と麾下《きか》の兵、そして傀儡《くぐつ》に変えた市民五万だけでも充分に対抗し得る。し得るくらい、私は常日頃《つねひごろ》から軍備を整えてきた。私を男爵風情と侮った愚王に、ツケを払わせてやろう」

決して大言壮語しているつもりはなく、アザールは冷静に分析した上で自信を漂わせた。

「言っておくぞ、私はこれをお家存亡の危機だとは思っていない。むしろ逆だ。ケンゴーがたかが一人の女大事に見境をなくしてくれたおかげで――あちらから不利な戦を仕掛けてきてくれたおかげで、私は望外の天運をつかむことができた」

戦には臣下や兵たちの士気を鼓舞する、即物的な理由が必要だ。

だから、アザールは懇切丁寧に説明してやる。


戦にしか興味がなかった先代魔王は、ケンゴー一人しか後継者《こども》を作らなかった。

弱冠十六歳のケンゴーにもまた嫡子《ちゃくし》はいない。

ならばケンゴーを討つことで、魔王家の純血統は途絶える。一つの王朝が斃《たお》れる。

そうなれば弱肉強食をモットーとする魔族たちのこと、我こそが新たな魔王たらんとめいめい勝手に覇を唱え、魔界に群雄割拠の戦国時代が来る。

そしてその時、ケンゴーを討ったアザール当人の声望は、途方もないものとなるに違いない。

アザールはその名声を以って長年、冷や飯を食わされてきた中小の貴族たちを糾合し、一大勢力を築き上げるのだ！

地方の一男爵にすぎないアザールが、他《ほか》の大貴族たちを相手取り、国盗りという最も心躍るゲームに参加する資格を、一日にして得られるということだ。


「私が魔王となれば、ここにいる者たちは全員、新王朝の大貴族だ。もちろん、義父殿にもお望みのままの地位をお約束いたしましょう」

アザールは野心で双眸《そうぼう》をギラつかせながら、側近たちを焚《た》きつけた。

側近たちの目の色もまた変わった。

しかし、執事だけが冷めた眼差《まなざ》しのまま、

「お館様のご心算は理解いたしました。その上で、別の方策もご提案させていただきたく」

「ほう、聞こうか」

アザールは度量のある当主だ。執事の忠言に、快《こころよ》く耳を傾けた。

「地下の魔法装置は、まだまだ改良の余地がございます。もしケンゴーを生け捕りにして幽閉し、実験をくり返すことができれば、いずれは魔王といえど洗脳できるかと」

「なるほど、すると私はわざわざ戦国を争うことなく、王権を手にすることができるわけだな」

それも面白《おもしろ》いとアザールは認めた。

可能ならば生け捕りにするよう、側近たちに命じた。

「お聞き入れくださり、ありがとうございます。ますます研究のし甲斐《がい》があります」

執事の眼鏡もギラリと光る。

この側近の技能や造詣《ぞうけい》は本当に多岐に亘っている。件《くだん》の魔法装置の研究開発も、実はこの男を中心にチームを組んで行ったのだ。そして、執事ではなく研究者としてのこの男は、極めてマッドな一面を持っていることをアザールは知っていた。そこが気に入っていた。

「義父殿も、そういうことでよろしいですな？」

「大いによろしい。野心は若者の特権だ。そして、それを見守ってやるのが老人の務めだ」

老シトリーは取り澄ました顔で首肯する。

綺麗事《きれいごと》を言ってはいるが、要はもう若くない自分はおこぼれに与《あずか》るだけで充分だと。変わらず後ろ盾になってやるから心配するなと。そういうことだ。

「所領から連れてきた、ワシの自慢の〝グリプス騎士団〟よ。婿殿《むこどの》に預けるゆえ、好きに使ってくれい」

周囲に待機させていた重甲冑《じゅうかっちゅう》装備の騎士たちを、老シトリーは顎《あご》でしゃくって示す。

この場にいるのは隊長格の十二騎で、階下には総勢二百騎が牙《きば》を研いでいる。大侯国《たいこう》でも選りすぐりの猛者《もさ》どもだ。アザールとしては素直にありがたい反面、

（いくつになっても枯れない、食えないジジイだな）

とも内心思う。

たかだか娘婿のパーティーに参加するのに、帯同していた警護としては過剰《かじょう》すぎる戦力。まるでこの事態を見越していたかのようではないか。

（……いや、見越したというより、仕向けたというべきか）

レヴィ山に地下の魔法装置の存在をバラしたのも、これが理由だったか。

（まあいい。結果として私に天運が転がり込んできたのだから、文句を言う筋合いはない）

アザールはすぐに、豪胆に割り切ってみせた。

「では、私は魔法装置の――もとい、妻の警護をしつつ、地下から兵の指揮を執ります」

「武運をな、婿殿」

「ありがとうございます。どうぞここで高見のご見物をお楽しみください、義父殿」

立ち上がって一礼すると、アザールは颯爽《さっそう》と踵《きびす》を返した。

側近たちを引き連れて、堂々たる足取りで戦場へと赴いた。

†

首都アッザは堅牢な城壁で囲まれている。

上から見ると、町の形に合わせた真円状の外郭に思えるが、実際は正百八角形となっており、各頂点の部分には小塔が建っている。

全ての塔の基部には強力な障壁魔法の発生装置が埋め込まれており、塔自体を外部の攻撃から守るだけではなく、百八基を連結することで町全体をドーム状に覆う巨大障壁を発生させることもできる。空からの侵略者もこれで阻むという設計だ。

また塔の上部は兵の詰める櫓状《やぐらじょう》となっており、雷の矢を撃ち出すバリスタや爆破の魔力そのものを投射するカタパルト、周辺を一掃できる射程を持つ火炎放射器等々、これまた強力な防衛兵器が満載されている。

外郭の四方にある分厚い門は、平時は深夜でも開放されているが、今は堅く閉ざされている。

しかし、件のドーム状の巨大障壁のおかげで、ここを通らずして内外の行き来は不可能。

地方の小都市のこととは思えない、堅固極まる防衛システムと施設であった。全てアザールが財力に飽かして取りそろえた、最新鋭の軍備であった。

「時間だ！　総員、防衛戦用意！　敵はたった八人といえど、油断はするなよ！」

百八ある塔の櫓の全てで、持ち場を担当する部隊長たちが指示を叫んだ。

特にヘルモン山と面した南側の小塔、十八基に配置された兵たちは固唾《かたず》を呑んで、敵の侵攻を待ち構える。

相手は魔王と七大魔将だ。緊張するなという方が無理だ。

しかし、たとえ相手が魔王でも、伏して恭順すべきだと考えている者は一人もいない。

魅了の力を持つ魔法装置によって、完全に洗脳されているから——というわけではなかった。現在、アザールをあたかも造物主の如く信仰する、不退転の死兵と化した首都市民五万人と、この櫓に詰める兵たちでは全く事情が異なる。

この彼らは皆、日頃から軍役に就き、専門性の高い防衛兵器の扱いに長《た》けた常備兵である。男爵領の内外からスカウトされた、優秀な職業軍人たちである。

アザールはこの彼らに、魅了の魔力は用いていない。軍人には高度な判断力が必要で、洗脳してしまうことでその思考の柔軟性が失われてしまうからだ。

代わりに軍人たちには高い俸給の他、望みの女を幾人でも宛がってやっている。そう、女の方を洗脳することで従順な肉奴隷に仕立て上げ、軍人たちの愛欲を満たしてやることで彼らの忠誠を買っているわけだ。ケンゴーらが町でよく見かけた「ハーレム野郎」たちは、実は彼ら軍人たちだったのだ。

「ご領主様より受けたご恩を、返す時が来たのだ！」

「「「了解‼」」」

彼らほどの技能があれば、どこでだって金を稼ぐことはできる。だが、好みの女を幾人でも自由にできる特権は、ここでしか味わえない。

ゆえに士気高く、魔王を相手に大逆を犯すことも畏れない。

なんとも下衆《げす》な話だが、それが彼らの正直な気持ちであった。

そして、南南東に位置する小塔の一つ——

「敵司令部に動きアリッ」

望遠の魔法に長けた兵から、報告が上がった。

ヘルモン山の中腹、魔王一党がお祭り騒ぎしていたその場所を、暫定的に「敵本陣司令部」と呼称していた。相手はたった八人だが、他に呼びようがなかった。

「どうした⁉」

「はいッ、『暴食』の魔将が——」

物見の兵は、最後まで報告ができなかった。

部隊長は何が起きたか、最後までわからなかった。


なぜなら彼らのいる小塔が、いきなり倒壊したからだ。

塔の半ばに巨大な何かが激突し、爆音とともに凄《すさ》まじい衝撃が走り、建物ごと粉砕された。

櫓に詰めていた兵たちは全員、崩れ落ちてきた天井《てんじょう》で生き埋めだ。防御魔法を会得した彼らはどうにか一命を取り留めたものの、まるで身動きがとれなくなる。

さらには、一つ隣にある塔も吹き飛び、もう一つ隣の塔も同じ運命をたどる。

櫓にいた兵らは、やはり尽《ことごと》く生き埋めとなる。

そして、最初に崩壊したものから数えて、四つ目に標的とされた塔でようやく、物見の兵が報告を完了する猶予を得られていた。

「投石です！　『暴食』の魔将による投石攻撃を受けております！」

「バ、バカなっ。そんなふざけたやり方で、この鉄壁の護りが破れるわけがないだろう⁉」

部隊長はにわかに信じなかったが、物見の兵は確かに目の当《まあ》たりにしていた。

魔王一党のいる敵本陣で、「暴食」の魔将ベル乃が大岩を片手で持ち上げている様をだ。

その岩は、ベル乃の背丈の三倍はあろう直径を有していた。

重量は想像することもできない。

そして、ベル乃が「ひょいっ」と無造作に投げると、たちまち音速を超えて飛来する。

防衛兵器でさえ届かない、遠く山の中腹から！　放物線をほとんど描かず一直線に！

物見の兵が見た、最後の光景がそれだった。

超音速・大重量の投石は四つ目の塔の半ばに直撃し、凄まじい衝撃を発生させて丸ごと爆砕し、瓦礫《がれき》と土砂の山へと還《かえ》す。

げに恐るべきは当代の「暴食」の魔将。

魔界随一の怪力無双。

ベル乃の剛腕にかかれば、ただの投石がこれこの通り。

五基、六基、七基、八基――南南東に建つ塔から西へ順に、手当たり次第に粉砕されていく。

塔に張られた強力な障壁魔法ごと、破砕されていく。

ベル乃の一投ごとに一基が一瞬で破壊されていく。

櫓にいた優秀な軍人たちは、何も対抗できなかった。塔から身を投げるようにして逃げ出すか、座して生き埋めとなるかのどちらかだった。

そして、南門周辺を守護する十八の塔全てが瓦礫と化し、仕上げにベル乃はその大きな門にも投石で風穴を空けた。

アザール自慢の防衛システムが、最新式の外郭施設が、ただただシンプルに、ベル乃の剛腕一本と原始的暴力の前に捻《ね》じ伏せられた。

†

「よし！　でかしたぞ、ベル乃！」

でっかい岩をぶん投げて城壁を破壊する――その痛快な光景に、ケンゴーは思わず胃痛も忘れて快哉《かいさい》を叫んだ。

「……お腹空いた」

「よしよし、おまえはしばらく食事に専念しろ！」

ケンゴーは追加の食糧を魔法で召還すると、好きなだけベル乃に与える。

「ベル原の作戦も図に当たったのう」

「あれだけの防衛体制を馬鹿《ばか》正直に魔法で破ろうと思えば、労も時間も魔力も浪費するばかりだからな。ベル乃の馬鹿力に任した方が話が早い。第一、楽だ」

「おまえの智謀には本当にいつもながら嫉妬《しっと》を禁じ得ないぜ！」

「よし！　この調子でベル原の作戦通りに、ガンガン行こうぜ！」

ケンゴーは興奮のあまり、素の口調になって音頭をとる。

マモ代とベル乃をこの場に残し、五将とともに飛翔魔法で中腹から飛び立つ。

サ藤を先頭に、ルシ子たちに周囲をガードされる飛行スクラムを組んで、アッザへと。

ベル乃が空けてくれた防衛システムの穴を抜け、南門の風穴をくぐり、難なく突入成功。

しかし、新たな障害が立ちはだかる。

目抜き通りを埋め尽くすような人、人、人——

アザールに洗脳され、体を張って魔王一党を阻止せんとする市民たち五万だ。

飛翔魔法の覚えがある者らは、首都上空を覆い尽くして進路を阻む。

これを蹴散《けち》らすのは容易《たやす》い。が、罪なき彼らを害するのはあまりに忍びない。

ゆえに、先頭を飛ぶサ藤が南門前広場に降り立つと、合掌《がっしょう》して魔力を練り上げる。

「どけ、無礼者ども。魔王陛下の御前であるぞ」


極低温の酷薄な口調で命じると、合掌していた手を左右に広げる。

それでサ藤の眼前の空間が「ぐにゃり」と歪《ゆが》む。

否《いな》、飴《あめ》のように伸びて左右に広がる。

南門前から領主居城まで続く目抜き通りを一直線、今は市民兵で埋め尽くされたそこを、空間そのものを横に広げることで、無理やりに道を開けさせたのだ。

時空に干渉する魔法は極めて難易度が高く、しかもここまで広範囲に作用するものとなれば、本来は数百人による儀式が必要となるところだが、サ藤は簡単な魔導であっさりと完成させた。

さすがはマモ代、ベル原をして舌を巻かせるほどの、魔界随一の術巧者。

洗脳されているはずの市民兵たちが、思わず目を剝《む》くほどの衝撃的な光景だった。

「今だ行くぞおおおおおおおおおおっっっ」

ケンゴーの号令一下、サ藤がこじ開けた直線路を全員で、最大速度で翔け抜ける。

そして、領主居城まであっという間にたどり着く。

アザールは万全の防衛体制を敷いたつもりだろうが、なんのその。

「身体能力《ちから》のベル乃、魔法技術《わざ》のサ藤」とはかつてレヴィ山が言ったものだが、七大魔将においても別格扱いの二人だからこそできた、常識破りの突破作戦だ。

「ふっふ、ここまでは吾輩の計画通り――」

「だけど、ここからが正念場よ！」

ベル原がほくそ笑み、ルシ子がリーダー気取りで発破をかける。

実際、ここからはアドリブも多分に交えていくことになる。

市民兵たちも回れ右して追ってくるだろうし、城内にはアザール子飼いの精兵たちがいるはずだ。それをルシ子、アス美、ベル原、サ藤の四将が力ずくで、あるいは攪乱《かくらん》して食い止める。

その隙《すき》にケンゴーとレヴィ山が、地下にいるシトレンシアの元へと走る。

以上、大まかな役割と分担は作戦で決まっているが、敵戦力と配置が不明だし、状況も流動的になるので、どうしても臨機応変にやっていかざるを得ない。

「戦において綿密な作戦を立てることは確かに重要ですが、現場の判断や裁量というものも同じくらい重視しなければ、いわゆる計画倒れになりやすいのです」

とは魔界屈指の智将ベル原の、戦前の言だ。

いざ城内に突入し、そのベル原がエントランスホールに残って指示を叫ぶ。

「後方から来る市民たちはここで、吾輩とルシ子で食い止めるぞ！」

「じょじょ城内の敵兵は、ぼ、僕とあああアス美さんで対応しますっ」

「マモ代も後方からバックアップしてくれるはずじゃ！」

「我が君！　地下へご案内します！　オレちゃんに続いてください！」

「ここまで来て下手を打つんじゃないわよ、レヴィ山！　アンタ、七大魔将《アタシら》の中でも大して強くないんだから気をつけなさいよ！」

「中の中のルシ子に言われたくねえよ！」

レヴィ山が軽口を叩きながら、エントランスの正面奥へと飛翔していく。

ケンゴーも遅れることなく後をついていきながら、

「おまえの名誉のため、皆の手前では聞けなかったが……実際のところ、どうなのだ？」

「オレちゃんの強さですか？　そっすねえ……サ藤とベル乃にはやっぱ勝てる気はしません。ベル原相手もちょいキツいかなあ。まあ、ルシ子と同じで中の中ってとこスかね」

「う、ううむ……」

「我が君の仰りたいこと、わかります」

ケンゴーが口を濁してると、レヴィ山が察してくれた。


ベル原の読みでは、シトレンシアと魔法装置はアザール自身が守っている。

七大魔将にも匹敵《ひってき》する――あるいは凌駕《りょうが》する――と目される、四大実力者の一人がだ。

その相手をするのが、レヴィ山の務めだった。

ケンゴーには魔法装置を解呪し、シトレンシアを救助するとともに市民らを正気に戻すという、他の誰にもできない大役がある。

「まあ、オレちゃんは奴を足止めしてればいいだけなんで。我が君を妹のところへ送り届けて差し上げさえすれば、それでもう勝ちなんで。そんなご心配要りませんって」

「最悪、アザールと刺し違えてでも――などというのは無しだぞ？」

「オレちゃんにそんなノリは似合いませんってば、ハハ！　我が君は心配性だなあ。お優しすぎるなあ」

「……ならばよいが」

妹のことがからむと、レヴィ山はいつものノリではいられないのが不安だった。

しかし、今は懸念や尻込《しりご》みしている場合ではない。

レヴィ山の先導で、まずは地下に繋《つな》がる隠し階段へと向かう。

男爵家が代々、住処《すみか》とするこの城は、かなりの大きさと広さを持っていた。人界でいえば、大国の王城に匹敵した。これは魔法に秀でた魔族たちの建築技術が、人族のそれを凌駕しているためだ（実際、魔王城に至っては、人族からすれば御伽噺《おとぎばなし》レベル）。アザールの代までパッとしなかった田舎《いなか》貴族でも、これくらいの城を構えることは容易だったのだ。

ゆえに城内の通路は広くて長く、走るよりも飛行する方が早かった。また随所に用途の曖昧《あいまい》な小部屋が無駄にたくさんあり、緊急事態下だからかその全てを兵たちが警備していた。中には魔法の付与された高価な武具を装備した、騎士クラスの姿もあった。

「わ、悪いが手荒に通させてもらうぞ！　け、警告したぞ！」

敵兵や騎士たちと遭遇するたびに、ケンゴーは一瞬で無力化する。

魔法の障壁を、自分を守るために使うのではなく、敢《あ》えて飛ばして連中を部屋の壁際まで押し込み、挟み込んで動きを封じるのだ。

防御魔法を極めたケンゴーが作り出した障壁だ。そんじょそこらの軍人に破壊できるものではない。名のある魔族でもない彼らに、これを脱するのは不可能だった。

「鮮やかっすねえ！　妬《や》けますねえ！」

「よいから先を急ぐぞ、レヴィ山！」

「いやいや、オレちゃんマジリスペクトっすよ～。こーんな感じっすかねえ～」

言いつつレヴィ山はケンゴーの真似をし、新手の敵兵たちを障壁で隅に追いやり、道を開く。

「おまえもできるじゃないか！」

「いやいや、攻撃魔法じゃなくて防御魔法で相手を無力化しようっていう、その発想がすごいんですよー。〝赤の勇者〟たちと戦う時も、陛下はやってらっしゃいましたけど」

（それは俺が攻撃魔法の修業をろくにやってない、ヘタクソだから）

とケンゴーは自虐するが、実はそれだけの話ではない。

攻撃魔法と防御魔法をバランスよく、同程度の技術で修めた者が仮にいるとする。その場合、彼が使う防御魔法は攻撃魔法より強力なものとなる。

この異世界《フォーミラマ》の魔法には、そういう性質がある。

というか防御魔法の方が基本的に信頼性が高いからこそ、この分野が廃れず残ったといえる。

これまた仮に、攻撃と防御のどちらが有効かあやふやだったら、先に攻撃魔法をぶっぱした方が戦術として優れている、防御魔法は不要になってしまうという話に帰結するわけだ。

この「同魔力同技術ならばシステム的に防御有利」という法則を知った時、ケンゴーは前世におけるいわゆる格闘ゲームを彷彿《ほうふつ》させられた。同じだと思った（だからこそ格ゲーでは、ガチャ押しプレイや大技ぶっぱでは勝てない。そういう風に設計されている）。

ゆえに、普通の魔族が気持ちの問題として派手な攻撃魔法を修めたがるのに反し、ケンゴーは地味～な防御魔法をネチネチと鍛えたのだ。もし、いつか自分が戦いを余儀なくされる日が来たら、鉄壁スタイルで戦おうと決意したのだ。

そして修業していく過程で、防御魔法の方が意外と応用が利《き》くということを悟ったのだ。

「考えてみればそうなんスけど、フツーは攻撃魔法でぶっ殺しゃ早いじゃんって思いますよね。でも、それが思い込みだったんですよねー。防御魔法の方が有効性は高いんだから、一歩踏み込んで、そいつで相手を無力化する手段を模索してみるべきだった。いや逆転の発想っすよー。これこそが天才的思考っすよー。嫉妬を禁じ得ないっすよー」

無駄口を叩いているようで、レヴィ山は卒なく防御魔法を連発し、行く手を阻む敵兵たちの尽くを脇へと排除する。王たるケンゴーは鷹揚《おうよう》の気分で、ただ後ろをついていけばよいのだと、態度と実行で示す。

してみるとこのおしゃべりも無駄口ではなく、王の無聊《ぶりよう》を慰めよう、緊張を解きほぐそうというサービス精神の表れなのかもしれない。

レヴィ山が言った。

「我が君のお強さの秘訣《ひけつ》は、徹底した合理性にあるのかもしれませんね。そうすっとレヴィアタンの開祖サンと同じなのかあ。いえ、我が君のご先祖様にも当たるんですけど～」

（ほほう）

その偉大な先祖の合理性というものに俄然《がぜん》、興味が湧《わ》く。

とはいえレヴィ山と違い、敵本拠地の最中で会話に興じる胆力は、ケンゴーにはなかった。

後ろについていくのでもう必死。

「ここです、我が君」

と、ほどなくレヴィ山の方も雑談をやめる。

石ブロック積みの壁に偽装された回転扉、その向こうに隠された階段を無事に発見。

「こっから下は、迷路になってますんで。絶対にはぐれないでください」

「うむ、承知した」

にわかに真剣味を帯びたレヴィ山の口調に、ケンゴーは再び胃痛を覚えながら階段を下った。

体を張ってくれているルシ子たちのためにも、一刻も早くシトレンシアを保護しなければならなかった。

第八章　四大実力者の実力

視界一面が、白一色に染まり果てていた。

前方から吹き付けてくる風は激甚《げきじん》で、刃《やいば》のように冷たい。魔法で暖をとらなければ、一瞬で体温を奪い取られてしまう。

吹雪《ふぶき》だ。

それも魔力で身体《からだ》を強化してなお、前進困難にさせられるほどの猛吹雪。

「城はどこだ！　どっちなんだ！」

声の限りに男は叫ぶが、全て激しい風音にかき消され、振り積もる雪に吸収される。

何年も住み慣れたはずのアッザの町が、右も左もわからぬ白銀の異界と化していた。

毎日出勤したはずの領主居城が、あれほど高い建造物が、影も形も見つけられない。

鍛え抜かれた職業軍人であるはずの彼が、まるで幼い迷い子のように途方に暮れる。

否《いな》、精兵の域にある彼だからこそ、この異常な吹雪の中で、まだしも活動できていた。

彼がアザールに与えられた任務とは、洗脳した市民兵たち二百人の——もう領主を崇拝する以外の思考力をなくした一団の、代わりの頭脳となって直卒し、魔王一党と戦うことだった。

しかし、その二百人はこの吹雪で、とっくに脱落していたのだ。

「いったい何がどうなってるんだっ！　どこのどいつの仕業なんだっ！」

肉体や魔力のみならず、日々メンタルも鍛錬した古参兵の彼は、怒りと自棄《やけ》気味の叫びで己《おのれ》を奮い立たせ、豪雪に覆われた道なき道をじりじりと進んでいく。

ただひたすらに風上を目指して！

そして、その判断は間違っていなかった。

やがて行く手に、白一色の視界の中に、黒い影をぽつんと見つける。

彼は最後の気力を振り絞って、影の方へと歩を急ぐ。

そして、見た。

この猛吹雪をものともせず、自前の寝椅子《ねいす》にごろりと背中を預け、読書に耽《ふけ》る、苦み走った中年の姿を。頭がおかしくなりそうな光景を。

誰あろう「怠惰」の魔将、ベル原《はら》であった。

近づいてもこちらには目もくれず、黙々と読書を続けている。

『ここまでたどり着いたのは、卿《けい》で七人目だな。後で自慢するといい』

かと思えば本に目を落としたまま、念話で意思疎通してくる。

声に出してしゃべらないのには、理由があった。

アッザを白銀世界に沈めたこの猛吹雪は全て、ベル原の吐息が発生源であったからだ。

「怠惰」の魔将はただ呼吸をしているだけで、市民兵数万を凍てつかせたのだ。

その異様な光景を目の当《まあ》たりにして、タフな職業軍人である彼の心も、ぽっきりと折れた。

膝《ひざ》をつくと、周囲に同僚が六人、倒れていたことに気づいた。

皆、安らかな顔をしていた。

敵将の吐く呼気がさらに強くなり、吹雪はますます激しくなり、彼の魔法でも暖をとるのが難しくなる。体温を奪われ、強烈な睡魔に襲われる。

『死にはせんよ。気持ちよく眠れるだけだから、安心して意識を手放したまえ。卿はもう十分、アザールのために働いた。後はこの戦《いくさ》が終わるまで、ここで吾輩《わがはい》とダラダラしているといい』

ベル原の念話を子守唄に、彼はゆっくりと瞼《まぶた》を閉じた。

†

自然の天候によるものではなく、城門前に陣取ったベル原が発生させた猛吹雪は、「晴れ渡った上空から観測できる異常気象」という、奇妙な景色を生み出していた。

シトリー大侯国《たいこう》が誇るグリップス騎士団二百騎は――そうとは知らず――大空を舞うヒッポ

グリフの鞍上から、アッザの街並みを呑《の》み込んだ吹雪を観測する。

ヒッポグリフとは、グリフォンと牝馬を交配させた一代雑種で、大侯国では伝統的に畜産されているが、それでも稀少《きしょう》で高価な魔獣である。野生のグリフォンよりは馭《ぎょ》しやすいものの、軍馬よりも遥《はる》かに誇り高く、生半可な者に背を貸そうとはしない。

彼ら二百騎が武勇と魔法に長じた、騎士の中の騎士だという証左である。

そんなグリプス騎士団が、天候という出鱈目《でたらめ》な存在を相手に手をこまねいていた。

百戦錬磨の武人である彼らは、闇雲《やみくも》に吹雪の中へ突入したり、魔法で攻撃を仕掛けたりという拙速を避けるだけの分別を持っていたが、さりとてこれだけの大戦力をいつまでも遊兵にしているのも、沽券《こけん》に関わる。

「大方、いずれかの魔将の仕業であろうが、洒落臭《しゃらくさ》い真似《まね》を！」

「あの吹雪の中に潜んでいるはずだ！」

「武人の風上にも置けぬ奴《やつ》め！」

「早く見つけて、燻《あぶ》り出してやれ！」

隊長格の十二騎が大声で叱咤激励《しったげきれい》する。

もちろん、皆とっくに探知魔法で敵影を捜索しているが、これももちろん、敵将とて抗探知魔法《カウンターディテクト》を常時使用している。戦場の習いだ。

後はどちらの技術が上かという問題だが――

「敵発見！　『怠惰』の魔将です！　城門前に陣取っております！」

二百騎の中には探知魔法の名人もいて、粘り強く探っている間に、どうにか吹雪の発生源を特定することができた。

「よし、でかした！」

領主居城の六階部分より上は吹雪の影響を免れており、そこから正門前の広場もおおよその見当はつく。

「氷結魔法用意！　総員で質量攻撃を行う！」

総隊長に当たる騎士が、待ってましたとばかりに号令をかけた。

敵将の位置が大まかにしか判明していない以上、岩のように巨大な氷塊《ひょうかい》を作り出して、まさしく雨霰《あめあられ》と広場へ降らせ、ミソもクソもまとめて押し潰《つぶ》してやれという作戦だ。

言葉少なだったその指示を、理解できないほど練度の低い者はいなかったが、

「範囲攻撃では城も巻き込んでしまう可能性があります！」

と副隊長に当たる騎士が、その危険性を諫言《かんげん》する。

(別にあれは大侯閣下の城ではない)

総隊長としては敵将を圧殺できるなら、アザールの城がどうなろうと構わないという判断だったが、さすがにそれを口に出すことの政治的意味がわからない武辺者ではない。

「貴様らも音に聞こえたグリプス騎士団の一員なら、城には当てずにやってみせろ！」

代わりに無茶を承知のお題目を唱え、強行を指示した。

「「了解！」」

と総員が氷結魔法の準備を始める。

彼らも軍人だ、割り切っている。副長でさえ上官の意を酌《く》んで、もう四の五の言わない。

（さあ、ようやく反撃のお時間だ！）

誰もがそう考え、意気を上げただろう。

しかし、各々の魔導が完成するより早く――

「音に聞いたことないんだけど、アンタらこのアタシより有名なわけ？　まさかね！」

――傲慢《ごうまん》な台詞《せりふ》とともに閃光《せんこう》が走った。

一瞬で二百騎のど真ん中を翔け抜けると、行き掛けの駄賃とばかりに四騎を撃墜していく。

長く大きな光の翼を一対、背中から伸ばした少女だ。

恐るべきスピードに、総隊長でなければ見逃していただろう。

「何奴⁉」

「いくらド田舎者《いなかもの》でもこのアタシを知らない奴がいるとは思えないけど、戦場の作法だから名乗ってあげる！」

「すわルシファー家の姫将軍か！」

「人が名乗ってあげるっつってんだから大人しく待ちなさいよ!!」

光の翼を持つ少女、「傲慢」の魔将ルシ子《こ》は大きく回頭しながらわめき散らした。

まったくふざけたガキだったが、これが端倪《たんげい》すべからざる強敵だった。

ずっと腕組みした姿勢のまま、背中の翼を羽ばたかせるとさらに急加速――

「各個の判断で迎撃！」

「残念！　数を撃てば当たると思ったら大間違いですからあ！」

二百騎全員で様々な攻撃魔法を撃ち放ち、弾幕を作って敵将を迎え撃とうとするが、誰も当てられる気がしなかった。

まず、とにかく標的の飛翔スピードが速い。しかも真っ直《ます》ぐにしか飛べないなら偏差射撃のやりようもあるが、羽ばたきによって長大な光の翼が大気を打つたび、慣性を無視してジグザグに飛行する。四方八方、好きな方向へ瞬間移動めいた速度で軌道変更するから、捉《とら》えきれないし、予測もつかない動きをする。

それにこっちが弾幕を張るといっても、大して連射の利《き》かない攻撃魔法によるものだ。「魔力を高める」「集中して練り上げる」「呪文《じゅもん》を唱える」といった一連の魔導の後、「大雑把《おおざっぱ》に狙《ねら》いをつける」までやっていれば、どうしても散発的な攻撃になる。弾幕も疎《まば》らなものにしかならず、ルシ子はいとも容易《たやす》く掻《か》い潜ってくる。

そして、大胆に二百騎の最中《さなか》へ突撃してきて、翔け抜け様に数騎を討ち取るのだ。

ルシ子の光の翼に打たれた者は、絶叫しながら乗騎《ヒッポグリフ》とともに墜落していく。

幸い一撃で絶命させられるほどの威力はなかった。防御魔法もあるし、この程度の高さで墜落死するヤワも騎士団にはいない。だが地上を覆う猛吹雪に呑み込まれると、もう誰も帰ってこなかった。

ルシ子が突撃してくるたび、グリプス騎士たちは一方的にやられていく。

天翔ける大侯国最強の騎士団が、きりきり舞いにさせられる。

そもそも魔族は——極めてレアケースを除いて——光属性の攻撃魔法に弱いし、使えない。

そして、ルシファー家の直系は例外的に、反則的に、光属性の魔法を得意としているのだ。

超実力主義の魔界において、魔王家に次ぐ最古最大の権門なのは伊達《だて》ではないのだ。

「それが天界より奪い去ったという、かの《光の翼《フォスフォロス》》か！　ルシファー家の相伝魔法か！」

「ええ、よく知ってるじゃない！　褒《ほ》めてあげる！」

思わず悲鳴を上げた総隊長に、ルシ子は腕組みしたまま高笑いで答えた。

ちなみに——ルシファー家の相伝魔法はこれではない。
ルシ子的に総隊長のビビりようが堪《たま》らなくて、調子に乗ってつい肯定してしまったが、大嘘《おおうそ》である。

本来の《光の翼《フォスフォロス》》は、背中に三対六枚を生やし、サイズもこれよりずっと短い。

近接戦において攻防一体の強力な魔法だが、反面というか代償に、ずっと腕組みをしていないと解除される他《ほか》、地表より高い位置をとればとるほど効力が弱まるという制約がある。

つまりはこんな風に、上空をビュンビュン飛び回りながら使う魔法ではない。

そう、ルシ子が現在使用しているこれは、彼女のオリジナルだった。

「水《ア・キュア》」の天使に後れをとったのが悔《くや》しくて、相伝魔法の制約を見直し、つい先日編み出したばかりの、いわば《光の翼改《フォスフォロスⅡ》》である。

腕組みしたまま戦うという制約はまだいい。しかし、二本の足を地面につけておかなければ最大効力が得られないのは、やはり応用が利《き》かなすぎる。ルシ子はここに手をつけたかったが、「初代ルシファーが天界から最も価値ある光を簒奪《さんだつ》し、地上に持ち帰った」という逸話を概念化した大魔法であるため、「高度をとる＝天界に近づくほど攻防力が下がる」という性質は、いじりようがなかった。

そしてウンウン悩んだ結果、攻防力の低下はもう致し方ないとして「高度をとればとるほど、飛翔速度が上がる」ようにすれば、初代ルシファーの逸話と矛盾しないのではないかと思いつき、改良も成功した。攻撃力の低下は「その分、手数で勝負よ！」という、防御力の低下は「当たらなければどうということはないわ！」という設計思想。

元の《光の翼《フォスフォロス》》もあれはあれで強力であり、しかし《改Ⅱ》によっていわばプランBをゲットしたルシ子の戦闘スタイルは、より柔軟なものとなったのである。

数千年と継承された相伝魔法に手を加えるなど、歴代の当主たちであれば絶対にプライドが許さなかっただろう。というか彼らならばそもそも、水の天使に敗北を喫したという事実を認めなかっただろう。

なぜ、ルシ子は現実を直視し、己を枉《ま》げてでも強くなる選択ができたのか？

それはもちろん乳兄妹《ちきょうだい》に——命惜しさに日々の努力を怠らず、臆病ゆえに勝つための手段を選ばない男に、惚れた影響を受けた結果かもしれない。

†

魔界の建築様式では、城内に儀式魔法を執り行うための広間の一つや二つ、あるのが当然。

男爵家居城も一階中枢に構えており、現在は後方戦闘指揮所として使われていた。

参謀能力に長《た》けた幕僚二十人が、通信機能のある魔法装置を用い、各所に散った部隊と密に連絡をとる。戦況を分析し、指示を出す。地下広間を守るアザールの判断を伺うことも多々だ。

また城内と首都内に、無数に配置された魔法の監視装置、迎撃システム、トラップ等もここから遠隔操作する。運用と実行は、アザールが内外からかき集めた優秀な学者たち百人が担当し、彼らの高い魔法技術が如何《いかん》なく発揮される。

広間内、向かい合って同心円状に並んだ百人それぞれが、青白い魔法陣を手元に展開し、各装置を遠隔操作する光景はなかなかに壮観であった。

否、壮観だったのだ――開戦当初こそは。

今は見るも無残、悲鳴と怒号が飛び交う混乱の坩堝《るつぼ》と成り果てていた。

「Kブロック十九番・監視装置、何も映りません！　一番から十八番まで全滅してます！」

「城内3F－22《爆轟天雷》作動せず！　サタルニア大公を撃退できません！」

「聞こえているか？　魔王はそこを右折したところにいる。オイどっちに行ってる、逆だ！」

「対空迎撃システム、誤動作してます！　友軍グリプス騎士団を斉射中！」

各装置を管理する魔法技術者たちが、皆一様にコントロールを失ったことを報告してくる。

完全にパニックに陥《おちい》っている。

『吹雪で何も見えない！　指示をくれ、管理官！　吹雪で何も見えない！』

『サタルニア大公を止められない！　一時後退の許可を！　一時こ――ぎゃああああああ』

『怨怨怨怨怨怨禍禍禍禍禍禍凶凶凶凶凶忌忌忌忌忌呪呪呪呪呪呪根根根根根死死死死死』

『味方殺しの田舎軍人どもめ！　貴様らの無能は永遠に語り継いでやるからな‼』

各部隊を率いる前線の隊長たちが、次々と悲惨な戦況を報告してくる。

あるいは通信連絡網の随所に穴が空き、機能不全を起こしている。

この場をアザールより預かった、参謀長職の上級魔族も通信装置に向かって叫ぶ。

「男爵閣下！　一時、戦闘指揮所《コントロール》へお戻りください！　聞こえておりますか、男爵閣下！」

『うん、この戦争は負けだな。今すぐ全軍に降伏指示を出せ』

「閣下がそんな戯言《たわごと》を仰《おつしや》るかよクソがあああああああああっ」

通信装置を操作するための魔法陣へ、参謀長は怒りの頭突きを叩《たた》きつけた。

途端、仄暗《ほのぐら》い光で構成されたその幾何学模様がラグって、一瞬、全く別の文様に見える。

ずる賢そうな狐《きつね》を意匠《いしよう》した、見覚えのある紋章が隠れていたのだ。

「マモン家紋……！　『強欲』の魔将か！」

『『『ご名答。もっとも、気づくのに随分と時間がかかったな？』』』

いきなり全ての通信装置が同じ女の声を発し、何重にもなって広間中に響き渡った。

さらには魔法技術者たちが操作していた魔法陣が、次々とマモン家の妖狐紋《ようこもん》に変わっていく。

参謀長が、そして広間にいる全員が、その光景に愕然《がくぜん》となる。

あらゆる装置が機能せず、あるいは誤作動を起こすのも当たり前だった。

魔法装置を操作するための術式自体が、とっくに外部から乗っ取られていたのだ。

『『『なかなかよい防衛システムだったのでな、この「強欲」が全て頂戴することにした』』』

意地の悪い忍び悪いが何重にも、悪夢のように響き渡る。

「勝てない……」

参謀長はがっくりと、その場に膝をついた。

「こんな連中に、勝てるわけがない……」


同刻、ヘルモン山中腹――

マモ代《よ》は凛然《りんぜん》と指揮鞭《しきべん》を振り、敵防衛システムをオモチャにしていた。

周囲には計百もの魔法陣が展開され、全て彼女の支配下に掌握《しょうあく》されている。

「アザールめ、よくぞこれだけの軍備を整えたものだと褒めてやりたいところだが――優れた防衛体制が仇《あだ》となったな？　頼りきりになっているから、いざ機能不全を起こした時、全軍もまた使い物にならなくなる」

マモ代が鞭《むち》を一振りするごとに、敵の部隊に偽の指示が送られる。彼らは孤立し、右往左往し、完全に遊兵となる。あるいは魔法で味方を誤射し、同士討ちを始める。

無論、城内に仕掛けられたトラップや、町に配備された対空迎撃兵器も操作して、直接、敵部隊への攻撃を行う。

全てはマモ代の胸先三寸だ。

アザゼル軍が用いる後方支援用の術式を、一人で全て乗っ取ったことも凄《すさ》まじいが、コントロール権を奪った魔法装置を全部一人で管理し、効果的に運用する才腕もまた水際立っていた。

恐るべきは「強欲」の魔将。同じ当代一流の術巧者でも、この手のことをやらせたら、サ藤でさえマモ代には敵《かな》わない。

また隣ではベル乃《の》がモリモリ食事中で、いざここが攻められた時は、護衛してくれる手筈《てはず》になっている。この原始的な暴力の化身みたいな女がボディガードならば、頼もしいことこの上ない。作戦立案者のベル原にも、ちょっとだけ感謝しておこう。

(これだ、これだよ！　本来、私に相応《ふさわ》しい役目とは！　決して「断罪」の天使相手にステゴロやることじゃないっ。一番安全なところから、楽しく敵に嫌がらせをしまくって、しっかり手柄もいただいていく——嗚呼《ああ》、生き甲斐《がい》すら感じる！)

くつくつと忍び笑いを続けるマモ代。

(ケンゴーは魔王のくせに地味～なところがあるからな。こういう地味～な任務を堅実に全うしたことを、きっと高く評価するに違いない。いや今回は前線で戦ってるバカな奴らが一番手柄でも構わん！　その分、形ではなくもっと精神的な追加ボーナスを、魔王陛下から頂戴するとしようか。ふふ二人っきりで食事に出かけるとかなっ。いや私がその浮かれた行為に価値を見出《みいだ》しているわけでは決してないが、もらえるものはもらっておくのが私の性分だからな！)

くふふ、くふくふ、と忍び笑いが止まらないマモ代。

「……最近のマモ代は変」

隣がベル乃がものを食いながらフガフガ言っていたが、まるで聞こえていなかった。

くるっ
くるるぅ

†

城地下にある人工迷宮には、天井《てんじょう》の至るところに通信装置や監視装置が埋め込まれている。

敵から奪ったその機能を利用して、マモ代のナビがヘルモン山から届く。

『レヴィ山《やま》、次は三叉路を斜め下だ』

『然《しか》る後、二ブロック先まで直進』

『途中、右通路より敵部隊が接近している。先に障壁魔法でシャットアウトしろ』

『その通路は爆炎魔法が埋まっているが、小官が無力化しておいた。一応、貴様が我が陛下《マインカイザー》に先行し、安全確認しておけ』

——という具合に至れり尽くせり。

おかげで敵兵ひしめく厄介《やっかい》な立体迷宮を、難なく進むことができている。

「オレちゃんも一回は通っているんですけどね、さすがに記憶しきれてなくて」

先行するレヴィ山が申し訳なさそうにする。

だがケンゴーは気にするなと、鷹揚《おうよう》の態度で示す。

前世において修学旅行で新宿駅に行った時、「これ地下迷宮じゃね？」とびっくりしたことがあったが、後で地図で調べてみて「え、意外とシンプル構造」と二度びっくりさせられた。

地図を俯瞰《ふかん》して見るのと、実際に新しい土地へ行くのとでは、それくらい体感に差異があるということだ。

まして侵入者を彷徨《さまよ》わせるために作られたこの立体迷宮を、一度で把握できるわけがない。

ここは素直に、マモ代のナビに感謝しておくべきである。

ただ、ケンゴーも魔界という修羅の国に染まってきたのか、最近はガチでヤバい空気というやつを肌で感じられるようになってしまった。

「もうあとちょっとです、我が君」

とレヴィ山がシリアスな口調になって言うより先に、わかってしまった。

石畳で舗装された人工の通路が終わり、天然の地下空洞に突入する。

縦も横も恐ろしく広い空間だった。光源の類《たぐい》が一切《いっさい》存在しなかったが、ケンゴーたちは魔力を込めた「眼」で暗視できるので問題はない。

それで無数の横穴が目視できた。このうちの一つが、シトレンシアが眠る広間へと続いているのだろう。最後の、大自然の迷宮というわけだ。

（だけど、これもマモ代のナビがあれば問題ない……）

本当にヤバい空気を醸し出しているのは――別。

アザールだ。

大空洞の中心部で、待ち構えていた。

勇敢にも護衛を連れず、飛翔魔法で滞空していた。

「よくぞこの短時間でたどり着けたものだ。良い直臣をお持ちですな、今上陛下。愚王呼ばわりは取り消させていただきましょう」

アザールが賞賛した。口調はまた遜《へりくだ》ったものに戻っていたが、しかし当然、敵意は消えていなかった。

「それだけに残念だ！　この私の真価を、御身《おんみ》におわかりいただけなかったことが」

ここで決着をつけようとばかりに魔力を昂《たかぶ》らせ、練り上げる。

二対一だというのに、全く恐れ気がない。あくまで堂々たる態度。

だけど、ケンゴーの方には戦う意志はない。

「レヴィ山！」

「御意《ぎょい》！」

二人で同時に何枚もの障壁を魔法で作り、十重二十重《とえはたえ》にアザールを包んで身動きを封じる。

以心伝心、レヴィ山がこちらの意図を酌みとってくれた。

一方、アザールは以前までのレヴィ山同様に、「障壁魔法はあくまで身を守るためのもの」という思い込みがあるため、この封じ込め作戦に咄嗟《とっさ》に対応できない。

その隙《すき》にケンゴーは男爵の脇を翔け抜けて、横穴の一つへ飛び込んでいく。

マモ代のナビで、そこだけ奥が薄っすらと光っていたため迷わなかった。

「逃げるのか⁉」アザールが障壁を一枚一枚、破壊しながら呆《あき》れて叫ぶ。「魔王たる者が、仮にも反逆者呼ばわりした私を捨て置いて⁉　どこまで評価に困る男なのだ、貴様は！」

「余がおまえに言いたいことは、全て我が忠臣が代行してくれるゆえ構わぬ！」

「妹をお願いします、我が君！」

この場はレヴィ山に任せて、ケンゴーは先を急ぐ。

シトレンシアを助け出すことは、同時に魅了の魔法装置を停止させること。それでこの戦は勝ちだ。アザールと二対一で戦う有利よりも優先される。

地肌剝《む》き出し、わずかに曲がりくねる細い洞窟を飛行すると、やがて鋼鉄製の両開き扉が見えてくる。マモ代の遠隔操作だろう、既に半ば開いている。そこから奥の光が漏《も》れ出ている。

ケンゴーは寸暇を惜しみ、その隙間《すきま》へ体をねじ込むように突入する。

地下広間へ到着。中央に見えるは巨大な水晶。そして息もせず眠るシトレンシア。

レヴィ山の話では、この水晶型の魔法装置が起動中に、彼女を無理やり引きずり出すのは危険だとのこと。

ならば解呪魔法で装置を強制停止させてから、シトレンシアを救出する！

魔力を練り、意識を研ぎ澄ませていく。

「眼」を凝らせば、魔法装置を動かす術式《プログラム》が克明に見える。膨大且《か》つ複雑怪奇、巨大な水晶の表層をびっしりと覆い尽くし、また内部では渦巻いてシトレンシアの全身にからみつく。

優れた研究チームによる、数年間の集大成だというこれらを、いちいち真面目《まじめ》に解読していたらきりがない。ゆえに膨大な魔法術式を一つの小宇宙と見立て、しかも自分に都合よくざっくりと解釈し、自分の脳内で認識処理する。

これぞ解呪魔法を極めたケンゴーの、ディスペル術の神髄。悟りによって得た境地。

集中……集中……集中……集中……！

仮想領域《ゾーン》に入り、精神体《いしき》を術式世界に降り立たせる。

サタン家の秘術は「6」の形をした立体オブジェが、地平の果てまで埋め尽くしていた。

「水《ア・キュア》」の天使が用いた憑依《ひょうい》の秘蹟《ひせき》は深海で、「奸智《ド・ロッサス》」の天使が撒《ま》いた呪詛《じゅそ》は巨大迷路。

果たして今回は、如何《いか》なる小宇宙《せかい》の形を見せてくれるか——

「うおぇぇぇぇぇぇぇぇぇぇぇぇぇ⁉」

——確認してケンゴーはびっくり仰天した。口から変な声が出た。

青く澄んだ空に、心地よい浮遊感。

地面はなく、果てもなく、まさしく天上世界のような美しさ。夢心地。

そして、あちこちから女の、蠱惑《こわく》的な笑い声が聞こえてくる。

クスクス。クスクス。

シトレンシアの姿をした無数の、全裸の美女たちが、シトレンシアのものとは思えない、邪悪さすら感じさせる妖艶《ようえん》な微笑を湛《たた》えている。

ケンゴーに抱き着き、誘惑しようと、次から次へと迫ってくる！

この美女たちが、シトレンシアが持つ魅了の魔力を抽出し、増幅し、利用しやすいように変換された偽《いつわ》りの存在、魔法装置の効力の具現であることは疑いなかった。

ならばこの何千人――下手をすると何万人の美女の中に、本物のシトレンシアがいるはずだ。

それを見つけ出して、連れ帰る。

「――っていう理屈だろうってのはわかるんですけどねえええええええええええっ」

無数の全裸美女に追われ、ケンゴーはあられもない悲鳴を上げる。

逃げても逃げても迫ってくる。包囲されて逃げきれず、二人、三人と抱き着かれる。

肌の温かさや唇の柔らかさ、おっぱいの弾力は、あの晩に触れたシトレンシアのものと瓜二つだった。抱き着かれた精神体《からだ》のあっちこっちが気持ちよくなった。でもダメやめて。誘惑ごと偽のシトレンシアを振り払う。また逃げる。また追われる。いたちごっこが続いていく。

「シトレンシアどこおおお⁉　いたら返事してえええええ！　助けてえええええええっっっ」

立場があべこべの台詞を絶叫しながら、ケンゴーは本物の彼女を捜して回る。

顔中、体中、キスマークを増やしながら。

†

「不躾《ぶしつけ》な質問をいいかね、リヴァイ卿？」

　アザールが言った。

　その間にも、レヴィ山とケンゴーが拘束に使った多数の障壁魔法を、一つずつ、丹念に魔力で破壊していく。脱出するのにどうしても時間がかかる。だから、暇潰《ひま》しだとばかりに。

「ケンゴーは、貴公なら私に打ち勝てると信頼して、ここに置いていったのかね？　それともあくまで時間稼ぎの捨て駒かね？」

　バリバリと不穏な破砕音を立て、また一枚、割れた障壁の隙間から、男爵の鋭い眼光が覗《のぞ》く。

「ぶっちゃけると我が君は、オレちゃんの実力を不安視してたと思うよ？」

「ならば捨て駒か。ひどい王だな」

「違うね。我が君はいつも臣下のことを、驚くくらい気にかけてくださるんだよ。オレちゃんが妹を助けるために体を張りたい、もっと言えばテメエはぶっ飛ばさなきゃ気がすまねえ――その心情を酌んで、任せてくださったんだ。これだって一種の信頼だろうがよ？」

　レヴィ山は魔力を操《あやつ》ると、アザールを拘束する障壁のうち、自ら作り出した分を消失させる。

　我が君も先へ行き、これ以上の時間稼ぎは必要ない、かかってこい――あくまで軽薄な態度のまま、そんな意志を行動で示す。

「我が君とのおつき合いはまだ一年足らずだし、オレちゃんの実力をアピールする機会もなかったしね。ま、不安視されるのはしゃーない。だからここらで、カッコイイとこ見せましょう」

「後悔するなよ」

アザールを拘束する残りの障壁は、時間経過と作成者のケンゴーが遠ざかったことで、もうかなり脆《もろ》くなっていた。それらを一息に粉砕し、アザールがついに牙《きば》を剝く。

「貴公の兄君たちには私も一目、置いていた。だが水魔法の使えぬレヴィアタンに、後れをとりはせんよ！」

既に魔力は充分、練り上げたそれを攻撃魔法に転換する。

「吹けよ風、吠えよ風。荒ぶる天象、そは嵐也《あらしなり》――」

しかもアザールほどの大魔族が詠唱を必要とする、風の最上位魔法の一つ、《颶風大招来《ストームブリンガー》》。

時に例外もあるが、慣習的に四大実力者は、「地水火風」それぞれの属性を極めた者たちが数えられる。「いま炎魔法を使わせたら、彼がナンバーワン」と目される者――無論、七大魔将たちを除いて――が四大実力者に列せられるのだ。

そしてアザールが極めているのが、風。

男爵家は代々、風魔法を得意とする家系で、中でも彼は歴代最強の使い手と呼ばれている。

その威力は推して知るべし。まごまごしていたら一撃でやられる。

レヴィ山も詠唱を開始した。

「吹けよ風、吠えよ風――」

アザールが用意しているものと同じ、《颶風大招来《ストームブリンガー》》。

ほとんど同時に二人の術が完成し、互いに向かって撃ち放つ。

台風一つ分を凝縮したような暴風が二つ、真っ向から激突する。鍔迫《つばぜ》り合《あ》いで火花が散るように、周囲に余波を撒き散らしながら、どちらの威力が真に上かと鬩《せめ》ぎ合う。

広大な地下空洞が、嵐《あらし》が来たようになる。風音が唸《うな》り、天井まで軋《きし》み、岩肌が削れて土埃《つちぼこり》が激しく舞う。

にらみ合うレヴィ山とアザールの、髪と衣服もまた暴風にさらされ、躍る。

最上位魔法同士の戦いは完全に拮抗《きっこう》し、相殺《そうさい》し、やがて嘘のように消えた。

大空洞に、痛いほどの静寂が戻った。

「今のは当てつけかね、リヴァイ卿?」

そんな中、アザールの声が岩肌に反響して木霊《こだま》する。

「敢《あ》えて私の得意分野《フィールド》で戦い、伍《ご》してみせることで、己の実力を誇示しようと?」

「水魔法の使えないレヴィアタンなんでね、他に手段がなかっただけさ」

「浅薄だな」

アザールが嘲笑《ちょうしょう》した。七大魔将は皆そうなのか? と。それとも貴公だけか? と。その目が言っていた。

「口ではなんとでも言えるぜ？」

「承知した、私の実力をお見せしよう」

そう言いつつアザールは、まだ講釈を垂れる。

「風魔法の短所を知っているかね？」

「得てして攻撃範囲が広くなりがちで、その分、威力も散漫になる。大勢を薙《な》ぎ払うには適しちゃいるが、一対一だとイマイチだ」

「その通り。だから私はこう戦う――」

アザールが再び詠唱を始める。

「荒ぶる天象、そは嵐也――」

先ほどと同じ、《颶風大招来《ストームブリンガー》》。

芸のない――と考えるのは早計というものだった。魔力の練り方が先ほどと違う。ゆえに完成した術の形もまた異なってくる。

先ほどの大空洞いっぱいを揺るがした一撃も、台風一個分の風力を凝縮させたものだった。

それを今度は、もっとコンパクトに凝縮させていく。

体長十メートルほどの怪鳥の如《ごと》き形をとる。

アザールはそれを生き物のように操って、レヴィ山へとけしかけてきた。

これを先ほどのように、レヴィ山も通常の《颶風大招来《ストームブリンガー》》を使って迎撃、相殺することはまずできない。アザールの怪鳥の方が、体積がコンパクトな分、威力の密度も遥かに高いはずだ。レヴィ山が撃ち放った暴風をものともせず、飛来してくるはずだ。

「風魔法を極めるとは、こういうことだよ」

アザールはいつもの堂々たる態度で、気負いなく言った。

ただでさえ難易度の高い最上位魔法を、さらにアレンジしてオリジナルにまで昇華してみせたのだから、決して大言壮語とは言えまい。

これが四大実力者の実力か！

「やるなあ！　敵ながら嫉妬《しっと》を禁じ得ねえぜ」

レヴィ山は惜しみのない賞賛を送る。

と同時に再び詠唱し、魔力を練り上げる。

「えっと、こうか？」

最上位魔法をアレンジし、放埓《ほうらつ》な嵐を生み出すのではなく、怪鳥の形へ凝縮させて解き放つ。

「ぬうっ……！」

たちまち空中戦を始めた二羽の姿を見て、さしものアザールも瞠目《どうもく》した。

互いが操る風の怪鳥は、大空洞内を高速で飛翔。行きては帰り、交錯と衝突をくり返し、丁々発止にやり合った。

「驚くことはないだろ？　おまえさんのオリジナル魔法が妬《や》けるほど凄《すご》い。だったら真似したくなるのが人情ってやつだぜ」

レヴィ山はいつもの軽薄な態度で、気負いなく言った。

「大公家の当主ともあろう男が減らず口を！」

神経を逆撫《さかな》でされたのだろう、アザールが目を吊《つ》り上げながら三たびの詠唱に入る。

魔力の練り方だけを変え、《颶風大招来《ストームブリンガー》》をさらにコンパクトに、一点に凝縮する。

ちょうど剣の形をした、マイクロサイズの台風を生み出し、右手にとる。

そして、己が作り出した怪鳥の背にヒラリと立つや、人鳥一体となって斬りかかってくる。

「なるほど、こうか！」

レヴィ山も三たび詠唱し、魔力の練り方だけを見様見真似でアレンジする。

アザールが持つものと寸分違わない、颶風《ぐふう》の剣を顕現《けんげん》させると、怪鳥の背にヒラリと乗って、馬上試合ならぬ禽上《きんじょう》試合に応じる。

アザールと交錯ざまに二合、三合と斬り結び、颶風の剣の具合を確かめて、「うん、嫉妬するほどの業物だ」とご満悦。

当代一流の風使いの魔法を、次から次へと模倣《コピー》してみせる。

「ええい、どこまでも猿真似を！　貴様にプライドというものはないのか!?」

「お家芸の使えないレヴィアタンなんでね。いいと思ったことはなんでも真似して、取り入れるのが信条なのさ」

そう言って「傲慢」ならぬ「嫉妬」の魔将は、チャラ〜くウインクしてみせた。

「ほざいたな！　ならば、どこまでついてこられるか試してやる！」

怪鳥の背に立つアザールが、大きく旋回させてレヴィ山から距離をとる。

新たな呪文を詠唱し、自身の周囲に複数の魔法陣を展開。

「我がアザゼル家に伝わる秘術だ。代々理論を積み重ね、机上では完成していたが、実際に会得できたのは私が初めてだったという代物だ。真似できるものなら、やってみるがいい」

自信満々に口の端を歪《ゆが》めるアザール。

レヴィ山も「眼」を凝らしたが、男爵の周囲に展開された魔法陣は、一つ一つが芸術的に精緻《せいち》な文様を持ち、にわかに読み解くのはレヴィ山にも困難だった。その口ぶりから最上位魔法を超えた、極大魔法の類なのだろうが、であれば初見でコピーするのは不可能だった。

「サタン家の麒麟《きりん》児を相手にするまでは、とっておくつもりだったのだがな。まあ、義理の兄への餞《はなむけ》とでも思うとしよう」

術が完成し、魔法陣が散華すると同時に、アザールは剣を捨てて怪鳥の背を飛び降りる。

かと思うと——その体がゆらりとほどけた。

肉体があたかも昇華現象を起こして、一陣の風に変化《へんげ》するや、突風となり吹き寄せたのだ。

そして、レヴィ山の「眼」にも留まらぬ超スピードで背後へと回り込むと、そこで受肉するように元通りの姿へ戻る。手刀に魔力を漲《みなぎ》らせ、レヴィ山の背中から心臓を貫かんとする。

「おわっ」

レヴィ山は咄嗟に魔力を載せた後ろ回し蹴《げ》りでカウンターをとるが、アザールは再び一陣の風と化してこれを回避。そう、風をいくら蹴ろうが殴ろうが無駄なこと。

アザールが変身したまま、またも背後をとろうとする気配を感じる。レヴィ山は怪鳥を乗り捨てて自前の飛翔魔法で逃げる。

だが、疾風と化したアザールの方が遥かに速く、すかさず回り込んでくる。再び受肉し、直上から手刀で攻撃してくる。

死角からの奇襲を立て続けに受けて、レヴィ山は逃げ続けるしかない。だがアザールの方が速い以上、どう逃げようがそのたびに先手をとられ、防戦一方にさせられる。

「オイオイ、風に化ける魔法なんて、そんな珍しくもなくないかっ？」

レヴィ山は半分痩せ我慢で、憎まれ口を叩いた。

だが半分は事実だ。ここまで異常なスピードが出るケースは珍しいけれど、これを一族の秘術、極大魔法と呼ぶにはあまりに地味すぎる。

「この手の変身魔法の短所を知っているかね？」

レヴィ山はさっきのアザールの口真似をし、返答を待たず詠唱に入る。

芸のない、《颶風大招来《ストームブリンガー》》。しかも一切のアレンジなし。

（アス美《み》だったらその気になれば、自分の体を水に変えることはできるはずだ。でも、絶対に

しねえ。その危険性を知ってるからだ）

例えば、より大量の水をぶっかけられたり、うっかり浸かってしまった時、混ざり合い、存在が希釈《きしゃく》され、意識が呑み込まれかねないのだ。

ゆえに相手が風ならば、こちらも大量の風をぶつけてやればよい理屈！

「吹けよ風――」

アザールもお家芸の短所は知悉《ちしつ》しているのだろう、回答代わりに変身を解くと、アレンジなしの《颶風大招来《ストームブリンガー》》の詠唱に入る。

そうして互いに嵐の如き暴風を撃ち放つ。

後はぶつかり合って拮抗し、鬩ぎ合って相殺するだけ。戦闘開始時の一手目をくり返すだけ。

――と考えるのは早計というものだった。

「これで詰みだよ、リヴァイ卿！」

互いの最上位魔法が衝突した瞬間、アザールはその二つの嵐が鬩ぎ合う暴風圏に、自ら飛び込んでいった。さらには全身を昇華させ、一陣の風となった。

普通ならば自殺行為だ。

しかし、これは正しくアザゼル家の秘術だった。普通では、尋常ではなかった。

風に変化したアザールは、より大量の暴風に呑み込まれるどころか、逆に、二つの嵐を喰《く》らって膨れ上がり、己の糧《かて》としてしまう。存在を希釈させるどころか、逆に、最上位魔法二つ分その存在を強固なものとしてしまう。

（ここまでの一連が、秘術に必要な魔導だったか！）

レヴィ山は己の失着を悟った。

当然、相手の術の短所を衝《つ》いてやったつもりで、しかし後から盤面を見返せば、「レヴィ山は当然、その手を指してくるだろう」と読みきったアザールの術中だったのだ。

「――《世に遍く風は我が支配下なり》《アイ・アム・ザ・キング・オブ・テンペスト》」

一陣の風どころか、意思を持つ大嵐そのものと化した四大実力者が、すかさず肉薄してくる。

この超広範囲、超高威力の極大魔法を、咄嗟にかわす術も防ぐ術もレヴィ山は持ち合わせていなかった。

仮に全身を融解させて、水に化ければ凌《しの》げただろうが、

（使えなかった水魔法がピンチで急に覚醒《かくせい》するとか、そんなご都合主義は起きねえよなあ）

レヴィ山は自嘲《じちょう》で、口元を皮肉に歪めた。

瞬間、嵐を相乗させたような暴風を叩きつけられ、全身がバラバラになったかと錯覚するほどの衝撃に打ちのめされる。

実際、ただの一撃で体中の骨がメチャクチャ、内臓のいくつかがグチャグチャ、もう魔法で飛んでいることもできず、岩盤でできた地面へと墜落する。

そのまま襤褸雑巾《ぼろぞうきん》のようになった身を横たえ、立ち上がることすらできなくなる。

元の姿に戻ったアザールが、すぐ近くまでやってきて、

「強かった、と腹蔵《ふくぞう》なく言おうか。さすがは七大魔将、と讃《たた》えようか。嫉妬はしなかったがね」

と、「嫉妬」の魔将の健闘を称えてみせた。

「……回りくでえ……自画自賛……だな……」

レヴィ山は血の混じったツバを吐くが、にらみ返す目にさえもう力が入らなかった。

第九章　水魔法の使えないレヴィアタン

「ははは、婿殿《むこどの》もなかなかやる」

城八階バルコニーのテラス席で、老シトリーは哄笑《こうしょう》した。

アザールとレヴィ山《やま》の戦い、その一部始終を、探知魔法でそこから見物していたのだ。

二人とも抗探知魔法を使っていたが、小童《こわっぱ》どもの未熟なそれを出し抜くくらい、二千年を生きるこの大魔族にとっては朝飯前というものだった。

（いかんなあ。ワシまで昔の血が騒いでいかんわ）

八階のテラス席からは、地上を吹雪《ふぶき》で覆い尽くしたベル原《はら》と、上空でグリプス騎士団二百を相手取るルシ子《こ》の姿が一望できる。

老シトリーは重い腰を上げると、ゆっくりとした足取りでテラス席を離れる。

「ご老公、どちらへ？」

アザールに仕える腹心の執事が、無礼にならない範囲で訊《き》いてきた。老人はここで大人しくしておけと、眼鏡《めがね》の奥を光らせていた。

「なに、ヒヨッコどもに戦《いくさ》のなんたるかを、教育してやろうと思ってな」

老シトリーはぬけぬけと答え、眼鏡の執事の前を通り過ぎていく。

執事もそれ以上は咎《とが》めない。咎めさせないだけの実力が、この老魔族にはある。

ふわりと飛翔魔法を使い、一階まで続く折り返し階段の隙間《すきま》を、縫うように降下していく。

敵将の姿を求めて、悠然と。

（できればレヴィアタンの小倅《こせがれ》を、ワシの手でひねってやりたかったが、ま、これぱかりは巡り合わせよな）

戦場は生き物であることを、この古強者《ふるつわもの》は知り尽くしている。

（あの小倅からすれば、憎さはワシもアザールもそうは変わるまい。ならば、惨《むご》い妹婿を成敗するどころか、返り討ちに遭った悔《くや》しさはひとしおであろう。その屈辱を味わわせてやっただけ、ワシも留飲を下げるとしようか）

老シトリーにとって、レヴィ山は目障《めざわ》りで仕方ない存在だった。

なにしろ近年、最も気に入りの愛妾《あいしょう》が、よそでこさえた子どもなのだ。その愛妾がふとした折に生き別れの息子のことを思い返しては、気にかけているのが業腹《ごうはら》だった。

いつか息の根を止めてやろうと、虎視眈々《こしたんたん》と機会を窺《うかが》っていた。

そして、ついに訪れたというわけだ。

アザールからすれば、円満に今上魔王へ取り入りたかったのだろうが、それでは老シトリーが何も面白《おもしろ》くない。両者には争い合ってもらわねばならなかった。火種は始めからあって、焚《た》きつけるのも容易だった。それも望み得る限りの燃え上がり方をしてくれた。

（小倅一人が妹大事に逆上し、攻めかかってくる可能性を高く見ておったがな。まさかまさか、ヒヨッコ魔王どもが総出で来てくれるとは。おかげで戦う相手に困らぬ）

老シトリーは、先代魔王と親友同士だった。

つまりは、負けず劣らぬ好戦的な気質の持ち主だということだ。

三百年ほど前に老いを感じ、一線からは退いた。周りからはまだまだやれると惜しまれたが、彼自身の矜持《きょうじ》がそれを許さなかった。彼は愛欲の権化たるシトリー家に生まれながら、どんな美女よりも戦場を愛した異端であったから、わずかにでも衰えを感じた状態で最前線に立つことは、自らの真摯《しんし》な想《おも》いを冒瀆《ぼうとく》することに他《ほか》ならなかった。

「しかし、ヒヨッコ相手に火遊びをする程度ならば、今のワシでも充分にすぎるわ」

さあ、戦争だ。三百年ぶりの闘争だ。

長きに亘《わた》るこの渇きを、満たしてくれるような雄敵が、当代の魔将たちにいるかは甚《はなは》だ疑問なことではあるが。それがどんな安酒でも、砂漠で飲めばそれなりに味わい深いだろう。

ゆるりと降下を続けた老シトリーは、三階の踊り場に小さな人影を見つけた。

「ようやくお出ましじゃな、ご老公」

扇子《せんす》で口元を隠し、ころころと笑っているのはアス美《み》であった。

どうやら待ち構えていたような口ぶりだ。

「よりにもよって、貴様が相手か」

老シトリーは落胆を隠さなかった。

この小娘の母親たるアマイモン藩王《はんおう》は、彼も一目を置くほどの実力者。しかし、その母から「不肖《ふしょう》の子」呼ばわりされるアス美の方は、獲物として食いでがあるとは思えない。

浮遊したまま睥睨《へいげい》し、これ見よがしに嘆息していると、

「くくっ。年寄りは気が短くて、ならぬの」

「ほう?」

「ご老公のお相手を務めるのは、妾《わらわ》に非《あら》ずと言うておるのじゃ。早とちりしてもらっては困る」

なにせ妾は戦が不得意じゃからのう、とアス美はおどけてみせた。

「ははは、ならば誰がワシと遊んでくれる?」

「遺憾極まるが、僕の役目と決まった」

返事は頭上から降ってきた。

老シトリーが通りすぎたはずの四階踊り場に、やはり小さな人影を見つけた。

なんとも冷酷な気配を漂わせた、少年の姿をしていた。

サ藤だ。

不遜《ふそん》にもこちらを見下ろす目には、闘志や緊張、あるいは恐れといった戦場に付き物の感情が一切《いっさい》、窺えなかった。ただただ冷ややかな眼差《まなざ》しだった。

「僕としては、老人の相手は嫌いなのだがな。退屈で仕方がない」

「そうぼやくな、サ藤。このご老公とレヴィ山が鉢合わせたら、レヴィ山がやりすぎてしまいかねぬとな。殴った拳《こぶし》を痛めては不憫《ふびん》よと、友を想うベル原の配慮よ」

（……ワシを相手に、あの小倅が何をやりすぎてしまう、と？）

アス美の物言いもまた不遜極まり、老シトリーはひどく癇《かん》に障《さわ》った。

しかも、ヒヨッコどもはこちらを無視し、

「そのベル原の思惑というのが、よけいに苛立《いらだ》つ。これがケンゴーさまのご命令なら、喜んで承るものを」

「ベル原が作戦を立て、主殿《あるじどの》がお認めになったのじゃ。それすなわち主殿の勅命《ちょくめい》じゃろ？」

「それは理屈の話だ。僕の気分はそうではない」

離れた三階と四階の踊り場で、ピーチクパーチク口論する。

「このワシを前にして、緊張感のないこと甚だしい……っ。今の若僧どもは、戦場への敬意というものを知らぬ。まったく嘆かわしいことよ」

老シトリーは憤懣《ふんまん》やる方ない気持ちを堪《こら》えるように、首を左右に振った。

「貴様らには、ガタノソア戦役における艱難《かんなん》やニヴルヘイムの戦いにおける辛苦《しんく》、あるいは先代バルバトスの乱における哀愁や七代天使どもに矛《ほこ》を突き立てる栄光など、微塵《みじん》も理解できぬのであろうな」

嘆かわしい、嘆かわしい、歴戦の武人としてヒヨッコどもを教導してやらねばならぬ。高い授業料を払わせてやらねばならぬ。

ゆえに老シトリーは階上へと飛翔し、サタン家の小僧と対峙《たいじ》する。

果たしてサ藤は、

「年寄りの繰り言は終わったか？　そろそろ聞き飽きた」

なんの感銘も受けた様子はなく、冷淡に言った。

「……その暴言、地獄で悔《く》いよ」

老シトリーは魔力で魔法陣を描き、《業火燎原《ブレイズゲヘナ》》を完成させる。

これは炎属性の最上位魔法の一つで、相手がグリプス騎士クラスでも為《な》す術《すべ》なく、骨も残さず焼却できるほどの火力がある。

しかも老シトリーが周囲に展開した魔法陣の数は――六。

すなわち最上位魔法の六連撃だ。四大実力者のオリエンス大侯《たいこう》が得意とすることで知られ、特に《業華六蓮《ごうかろくれん》》と呼ばれることもある。

この城の半分が吹き飛んでもおかしくない大火力を一点に収束させて、サ藤の周囲十メートルだけを焼き払うように制御し、さらに火力を高める。

しかもしかも、老シトリーにとってはこれさえ牽制《けんせい》のためのものでしかなかった。

本命は炎属性の極大魔法、《煉獄竜の息吹もかくや《ライク・ザ・ドラゴン・ブレス》》。

《業火燎原《ブレイズ・ゲヘナ》》の六連撃でサ藤に防戦を強い、その隙《すき》に魔力を昂《たかぶ》らせ、練り上げて、とどめの一撃を用意する。

この《煉獄竜の息吹もかくや《ライク・ザ・ドラゴン・ブレス》》も一点に収束し、サ藤へ向けて渾身《こんしん》で爆炎を放つ。

凄《すさ》まじい熱量が四階踊り場を舐《な》め尽くし、建材に使われていた花崗岩《かこうがん》でさえもが一瞬で沸騰し、気化した。

視界が炎、炎、炎に埋め尽くされる中、直撃を受けたサ藤の断末魔すら聞こえてこない。それほどの火炎地獄を老シトリーは顕現《けんげん》せしめたというわけだ。

（ヒヨッコにも防御魔法の覚えはあろうが、これを喰《く》らってはひとたまりもあるまい）

老シトリーは己《おの》が勝利を確信した。

獅子搏兎《ししはくと》、たとえ相手をどんなに格下と見積もっていようと、最初から全力全開で潰《つぶ》すのが彼の流儀。千五百年にも及ぶ戦歴の中で培った絶対真理だ。

「これでは術比べにもならんな。およそ悠長に構えていたのであろうが、ヒヨッコにワシの相手は荷が重かったか？　ははは」

老シトリーは指を軽く鳴らした。それで自然ならぬ魔力の炎は、あれほど燃え盛っていたのが嘘《うそ》のように消失する。娘婿の城を延焼させるのは本意ではなかった。

（さて、次はアスモデウスの小娘か）

老シトリーは標的を変え、階下を見下ろそうとする。

だが、できない。

彼が魔力の炎を消したその跡に、サ藤の平然たる姿が残っていたからだ。

瞠目《どうもく》し、視線を釘付《くぎづ》けにしてしまったからだ。

（バカなっ、即死ではなかったのか⁉　いや、極大魔法を喰らって火傷《やけど》一つ負わなかったというのか⁉）

老練な武人が、狼狽《ろうばい》を禁じ得なかった。

サ藤は周囲に「６」の形をした瘴気《しょうき》文字を、無数に展開していた。サタン家の者がよく用いる防御陣だ。堅固な防御魔法だ。それは知っている。

（しかし極大魔法を完全に防ぎきった事例など、ワシの戦歴をして聞いたこともない……っ）

違いは魔力の量か？　技術の質か？　その両方か？　それもいったいどれほどの……。

戦慄《せんりつ》が冷や汗となって、老シトリーの背筋を滑り落ちていく。

足場を失ったサ藤は、飛翔魔法でその場に留まりながら、果たして、

「攻め手はそれでもう終《しま》いか？　そろそろ飽きた」

戦う前と変わらぬ口調で、冷淡に言った。

かと思えば、本当に退屈そうに七つの魔法陣を展開する。

老シトリーが用いた術と同じ、《煉獄竜の息吹《ライク・ザ・ドラゴン・ブレス》もかくや》の魔導だった。

相違点は、その魔法陣一つにつき一発の極大魔法が、こちらへと狙《ねら》いを定めていたことだ。

すなわち、極大魔法の七連撃。

「……そんなものは知らない……このワシですら見たことない……」

「だろうな。この僕以外に可能なこととは思えない。だからこれに名前はないし、別に命名するつもりもない」

サ藤がつまらなそうに鼻を鳴らした。

同時に七つの魔法陣から七撃の獄炎が解き放たれ、まるで首を伸ばす七頭の赤竜の如《ごと》く、老シトリーへと襲いかかる。

「…………………………!!」

為す術《すべ》もなく老シトリーの肉体が蒸発した。断末魔を上げる暇《ひま》さえもなかった。

サ藤は己が勝利を確信したであろう。

その隙に、分身魔法で脳だけを切り離し、さらに隠密魔法でさも無害なネズミに化けていた老シトリーの本体は、一目散に階段を駆け下りていく。

(まさかワシほど功名数えきれぬ武人が、彼奴《きやつ》の魔導を見た時点で必敗を悟り、一も二もなく尻尾《しっぽ》を巻いていただなどとは、ヒヨッコどもも夢にも思うまい。悪いな！　これも長きいくさ場で培った、老練というものよ)

死に急ぐ者は真の勝者にはなれない、それが老シトリーの哲学――

「まだ手間取らせる気か、老害。あまり僕を怒らせるな」

――であると自己陶酔していたところを、サ藤に踏みつけられた。

冷ややかに逃亡を阻止された。

このサ藤という男、油断も甘さも微塵もないということだ。

「……殺せ」

老シトリーは踏みつけられたネズミの姿のまま、うなだれる。

もう認めざるを得なかった。サ藤の強さは本物だった。役者が違った。当代の「憤怒」の魔将に相応《ふさわ》しかった。

（一線を退かざるを得なかったワシが、最後にこれほどの強者と相見《あいま》え、納得のゆく死に場所を得られたのだ。望外、と言うべきであろうな）

二千年の人生にも、思い残すことはなかった。

なのに――

「おやおや～？　ご老公はまさかこのまま、一思いにやってもらえるとお考えかの～？」

サ藤と術比べをしていた間、息も気配も消していたアス美が、今さらノコノコやってきた。

「それはいささか考えが甘くはないかの～？　ご老人方の時代の戦とは、然様《さよう》に悠長なものだったのかの～？」

「わ、ワシを！　武人の潔さを愚弄《ぐろう》するか、小娘！」

「うむ、その通りじゃ」あっけらかんとアス美は認めた。「これもベル原の考えでな、ご老公はここで殺すより、死ぬまで主殿の御ために尽くしてもらった方が具合が良い」

「まさか助命すれば、ワシが涙を流して感謝し、服従するとでも思うてか⁉」

「いやいや、それこそまさかじゃ。そんな甘い考え、妾もベル原も持っておらぬよ」

アス美はころころと笑った。童女のように愛らしいはずのその顔が、しかし、ひどく不気味で物騒なものに見えるのは、果たして老シトリーの錯覚か？


「魅了の魔力は、シトリーだけのお家芸だけではないぞ？」


錯覚ではなかった。当代の「色欲」の魔将はにわかに、瞳《ひとみ》に妖《あや》しい魔力を漲《みなぎ》らせた。

シトリーの当主をして抵抗できないほどの、暴力的なまでに蠱惑《こわく》的な眼差しが、無遠慮に心の中を侵略してきた。

「武人の魂など忘れてもらう。徹底的に愚弄させてもらう。今からご老公は寝ても覚めても妾のことしか考えられず、妾の足を舐めるためなら喜んで犬の真似《まね》をするようになる。のう？

そろそろ人としての尊厳など、どうでもよくなってきた頃合《ころあ》いではないか？」

比喩《ひゆ》ではなく脳を蕩《とろ》かす、魔力のこもったアス美の囁《ささや》き声。

老シトリーは徐々に思考力を喪失しつつあることを実感して、激しく首を左右にする。

「いやだあああああああああああっ。死んだ方がマシだああああああああっ」

「まあ、そう照れるな。妾からご老公に、幸せな余生を進呈《ぷれぜんと》じゃ♥」

†

「ふむ……義父殿の視線が消えたな」

アザールがふと呟《つぶや》いた。

しかし、すぐにどうでもよくなったか、レヴィ山の方へ向き直る。

レヴィ山は襤褸雑巾《ぼろぞうきん》のような体を地面に横たえたまま、逃げることも動くこともできない。

額《ひたい》の裂傷から垂れた血が右目に入り、視界すら不十分。

だからアザールも、とどめならいつでも刺せるとばかりの余裕の態度で、

「一応は義理の兄上だ、最期に言い残したいことくらいは聞いて差し上げるが？」

レヴィ山は声にさえ力が入らず、しかし気持ちだけは決して負けず、

「シトレンシアを返して、降伏しろ。命だけは勘弁してやる。今なら、まだ」

「フハハッ！　涙が出るほどありがたい言葉だ！」

「我が君は寛容にして慈悲深きお方だ。だから御意《ぎょい》に適うよう、最近はオレちゃんも他人に優しくするよう心がけてるんだ」

「よろしい、リヴァイ殿は最期まで忠臣だったと、今上には伝えよう。すぐにでもね」

バカ話はもう充分だとばかりに、アザールが会話を打ちきった。

ほとんど魔導なしで風の高位魔法を完成させると、圧縮して剣の形に成型する。

今のレヴィ山の心臓を穿《うが》つのに、それでも過剰《かじょう》すぎるだろう。

風の剣を構えたアザールの右腕は、逞《たくま》しかった。

骨も腱もグチャグチャで、指一本動かせない今のレヴィ山のそれとは大違いだった。

「**――いいなあ、それ**」

と、レヴィ山は独白する。

途端――剣を振りかぶったアザールの右腕が、血飛沫《ちしぶき》を上げた。

骨はボロクソに砕け、腱はズタズタ、レヴィ山の傷ついた右腕以上の惨状となった。

「い、今、何をした⁉」

「**――羨《うらや》ましいなあ、それ**」

アザールの問いかけには答えず、レヴィ山はまた独白する。

途端――アザールが喀血《かっけつ》した。

レヴィ山が内臓に負った以上のダメージで、肺が破裂したのだ。

「な、なんだこれはっ？　攻撃魔法なのか⁉」

普段の堂々たる態度はどこへやら、慌《あわ》てふためいたアザールは全身をほどくようにして、物理攻撃の効かない一陣の風と化して距離をとろうとする。


「――**妬ましいなあ、それ**」


だがレヴィ山が独白するや否《いな》や、アザールの変化《へんげ》が勝手に解け、同時に左足があらぬ方向へとねじれて曲がる。横たわるレヴィ山の左足と同様だったが、損傷具合はアザールの方がもっとひどい。

「貴様、いったい何をやっている⁉　こんな攻撃魔法はあり得ない！　存在しない！　説明しろ、リヴァイ‼」

アザールはもう立っていられず、片膝《かたひざ》をついてわめき散らした。

「いいぜ。オレちゃんは他人に優しいからな」

レヴィ山がそう返事をする間にも、アザールの体のあちこちが勝手に血飛沫を上げ、内臓が破壊されていく。

互いに息も絶え絶えになりながらも、レヴィ山は傷《いた》めた肺から声を振り絞って説明する。

「レヴィアタン家じゃな、水魔法が使えない者は認められない。特に当主は、魔界最高の使い手であることが求められるんだ」

「そんな有名な話は当然、知っているっ。今さらそれがどうしたっ」

「おかしいとは思わないか？　別に何魔法の使い手だろうが、強ければそれでいいだろ？」

「………他人事《ひとごと》すぎて真剣に考えたこともなかったが……言われてみれば」

「レヴィアタンは水魔法を得意とする家系だ。水魔法に過剰なほどのプライドを持っている家系だ。でも実はもう一つ別に、得意とする魔法を持っていたとしたら？」

「水魔法に異常なまでにこだわっているのは表向きのアピールにすぎず、もう一つの——裏のお家芸ともいうべき魔法を隠し持っている、と？」

「理解が早いな。**嫉妬《しっと》を禁じ得ねえよ**」

レヴィ山がそう呟いた途端——アザールの額が割れ、大きな裂傷が走った。

ちょうどレヴィ山の額にある傷と、全く同じ形をしていた。ただしアザールの方が、大きさも深さも重傷だった。

アザールは目に血が流れ込まないよう、その傷を押さえながらうめく。

「い、い、呪詛魔法か……っ」

男爵の表情には、得心の色が浮かんでいた。それならば通常の物理攻撃のように、かわしたり防いだりすることができないのも当然のことだと。

「マジで理解が早い」

レヴィ山はもう一度嫉妬を覚え、アザールの傷がもう一つ増える。

レヴィアタン家の開祖は、歴代魔王の中でも稀《まれ》に見る傑物だった。

また、当時の六大魔将たちを寄せ付けないほどの圧倒的な強さを持っていながら、己が勝てないほどの強敵と出会う可能性をなお想定し、研鑽《けんさん》を続ける気質だったと伝えられている。

そんなところがケンゴーに似ているとレヴィ山は思うし、両者の強さの根幹が「徹底しすぎて異端に思えるほどの合理性」にあるとも思った。

勝てない強敵と対峙した場合、どう処すればいいか？

その問いへ開祖が出した答えが、「負けない戦い方をすればよい」というシンプルなものであると同時に、考案した実際の戦法は異端の発想としか思えないものだった。

すなわち――「自己が受けたダメージを倍返しにする呪詛《じゅそ》魔法」を開発すれば、絶対に負けることはないのだと。

後にレヴィアタン家の相伝魔法となり、しかしルシファー家の《光の翼《フォスフォロス》》等と違い、秘中の秘として受け継がれていった。

ゆえに名前も付けられてはいないし、「レヴィアタン家が得意とするのは水魔法のみである」と周囲に誤解させるためのあらゆる手段がとられたのだ。

「まさか、そんな呪詛魔法があったとは……」

アザールががっくりと、その場に身を横たえた。

ズタボロの全身で、なお戦い続ける気力を失ったのだ。もはやこれまでと、理解するのも早かったのだ。

「これがレヴィアタン家の実力か……。かの〝暗黒絶対専制君主《ダークリヴァイアサン》〟が興した魔将家か……」

倒れ伏したままレヴィ山を見る瞳が、畏怖《いふ》と絶望に染まり果てていた。

ケンカを売る相手を間違えてしまったと、その眼差しが何より雄弁に語っていた。

だが、もう遅い。

最初に優しく警告はしてやった。相伝の秘術を見られた以上は生かしておけない。

「オレちゃんは水魔法を使う才能はからっきしだったがね、呪詛魔法の類《たぐい》は昔から得意だった。二番目の兄貴には天賦《てんぷ》のもんだって、何度も羨ましがられたよ」

まさしくレヴィアタン家の呪《のろ》われし忌《い》み子だ。

レヴィ山もまた瀕死《ひんし》の重体で、皮肉っぽく頰《ほお》を歪《ゆが》める。

「だからさ、七大魔将の中で一番強いのは、そりゃサ藤かベル乃《の》だろうさ。でも一、い、一番負けないのは、オ、い、い、オレちゃんなんだよ」

誇るに誇れない台詞《せりふ》を口にする。

「おまえさんの敗因は一つ――オレちゃんが**嫉妬するほど強かった**ことさ」

それが、とどめ。

「嫉妬」の魔将の呪詛により、アザールは全身から血を噴いて絶命した。

†

「ようやく見つけたぞ、シトレンシア」

仮想領域《ソーン》に入ったケンゴーの精神体は、澄んだ青空にも似た術式《せかい》の果て、目的の美女の元へたどり着いた。

首元と胸元《むなもと》と足元には三人の、偽物のシトレンシアが抱き着いていて、水音がするほど濃厚なキスの雨を降らせていた。

女性を迎えにいく状態としては自分でも「ひっでー」と思うが、もう不可抗力というか、これでもがんばって大勢振りきってきたレベルなので、勘弁して欲しかった。

「……う……ん…………？」

仮想領域《ソーン》の中のシトレンシアの精神体は、青空を漂いながら、魔法装置の中の本体と同様に一糸まとわぬ姿で、胎児《たいじ》のように膝を抱えて眠っていた。

しかし、こちらのシトレンシアは仮死状態というわけではなく、呼びかければ反応があった。

「目覚めよ、シトレンシア！　そして、ともにレヴィ山のところへ戻ろう！」

だからケンゴーは声を張り上げて覚醒《かくせい》を促す。

その甲斐《かい》もあってか、しばらく続けているとシトレンシアの長い睫毛《まつげ》が震え、やがておもむろに瞼《まぶた》が開いていく。

「……ケンゴーさま……？」

「そうだ。余だ。おまえを迎えに来た」

抱き着いてくる偽物たちを引き剝《は》がそうと、格闘しながらケンゴーは答える。

寝起きのシトレンシアはしばし呆然《ぼうぜん》としていたが、やがて状況が呑《の》み込めてきたのだろう、

「ケンゴーさま⁉　どうしてここへ⁉」

「ファファファファ、驚くのも無理はないな。だが無論、邪魔するアザールらを退け、押し通って参ったのだ」

「私めのために⁉　そこまでして⁉」

「ファファファファ、おまえを渡さぬとアザールが強情を張るのでな、戦争を吹っ掛けてやった」

「…………っ」

ケンゴーが鷹揚《おうよう》の態度で笑い飛ばしてみせると、シトレンシアは絶句した。

憂《うれ》いを湛《たた》えた碧眼《へきがん》で、じっとこちらの顔を見つめると、

「本当のあなたは臆病だと、仰《おっしゃ》っていたでしょうに……」

震えていたケンゴーの手をとって、そっと両手で包んでくれた。

「うむ。実は内心、生きた心地がしなかった」

ケンゴーは哄笑を続けたが、魔王然というよりもはや空元気だった。

だけどシトレンシアが押し黙ってしまったので、ケンゴーも気まずくなって口をつぐむ。

気づけば、偽物どもがきれいさっぱり消え去っていた。

ずっと見つめ合うのもケンゴーは照れ臭くて、

「余に庇護《ひご》を求めて敵を増やすのは、余に対する裏切りに等しいと言っていたな？」

「どうしてそれを……？」

実はマモ代《よ》の探知魔法で覗《のぞ》き見していたのだと、そこは謝罪し、

「そんなことはもう気にかけるな。余は小心者だが魔王なのだ。一応、魔界で一番偉い奴《やつ》なのだ。だから、思いきり頼ってくれ」

「でも……」

とケンゴーの手を包んでくれる、シトレンシアの両手の力が弱まる。躊躇《ためら》う。

だから今度はケンゴーが、逡巡《しゅんじゅん》なく彼女の手をとって、にぎりしめて離さない。

「レヴィ山兄さまのためですか……？」

「無論、それもある。しかし余も――いや、俺《おれ》だってシトレンシアを助けたいんだよ」

魔王ぶるのはやめて、一人の少年のようにはにかみながら、ケンゴーは本音を伝えた。

「だからさ、魔王城に来ないか？　レヴィ山もいるし、みんなで一緒に住まないか？」

「…………」

勇気を出して誘ったのに、シトレンシアは返事をしてくれなかった。

でも代わりに、伏せた瞼から大粒の涙がぽろりと零《こぼ》れ落ちた。

ぽろぽろ、ぽろぽろ、何度も何度もうなずくように、零れて流れた。

「……私めにも兄さまたちみたいな、愛称をつけてくださいますか？」

「エッ。あっ、う～ん……じゃあ、『シト音《ね》』とか……どう？」

ネーミングセンスゼロのケンゴーは、咄嗟《とっさ》にそれしか思いつかない。

シトレンシアは良いとも悪いとも返事をしてくれなかった。

代わりに思いきり抱き着いてきた。

†

「うんざりするほど強いな、当代の魔王と魔将どもは」

城八階バルコニーから戦場となったアッザを眺めながら、彼は苦笑いを浮かべた。

アザールに腹心として仕えた執事である。

しかし、オールバックにしていた髪はぐしゃりと掻《か》き乱し、眼鏡は床に投げ捨てている。

ガラスの奥に隠れていた瞳は、左だけ金色に輝いていた。

「おかげで十年以上もかけた計画が、一日にして御破算《ごわさん》だ」

やれやれと右の肩を竦《すく》め、しかし口ぶりはさほど惜しくもなさげ。

「さて——恐い恐いサタン家の麒麟児《きりんじ》が来る前に、私も退散しようか」

でもその前にと、バルコニーからアッザの空を遠望する。

グリプス騎士団と「傲慢《ごうまん》」の魔将の空中戦は、ほとんど決着がついていた。

もちろん、姫魔将の一方的な圧勝だ。蹂躙《じゅうりん》だ。

その彼女の背中から伸びた、長く大きな光の翼を一瞥《いちべつ》して、

「魔族が天使の真似事だなどと、本当に不愉快だな」

彼の金色の左目が一層、強い輝きを放った。

その刹那《せつな》、姫魔将の背中の翼が、淡い煌《きら》めきとともに雲散霧消する。

憐《あわ》れ、「傲慢」の魔将はその業を咎められるかのように、天から地へと墜落していく。

それで彼も気が済んだ。今度こそ退散した。

転移の魔力の一切を封じられたはずの結界の中で、一瞬で消え去った。

エピローグ

シト音《ね》を救出したことで、妄信的な兵士に仕立て上げられていた市民らの目も覚めた。

またアザールが己《おのれ》の野心に殉《じゅん》じ、代わって老シトリーがまるで別人になったかのような従順さで降伏声明を出したことで、この戦争は終結した。

捕虜となった職業軍人らの管理や怪我人《けがにん》の治療、壊れた民家の修復問題など、戦後処理にはマモ代《よ》とベル原《はら》、サ藤らが率先して当たってくれた。

残るケンゴーらは、接収した男爵家居城で待機した。

特にルシ子《こ》とレヴィ山《やま》には手当てが必要だった。

一室にベッドを二つ並べさせて、治療は回復魔法のスペシャリストでもあるケンゴーが行う。

仰向《あおむ》けに横たわった二人の間に立ち、左右の手をそれぞれへ翳《かざ》して魔力を当てる。

「ああ～、痛みが引いていくわ～」

「我が君お手ずから、マジ恐縮っす」

「よいよい、名誉の負傷だ。これも戦功と思ってゆっくりしておれ」

ケンゴーは鷹揚《おうよう》に笑って治癒の魔力を注《そそ》ぎ続ける。

というか、戦後処理なんて高度な政治問題、自分にはさっぱりで臣下たちに丸投げしている手前、せめて得意なことくらいやっていないといたたまれなかった。

「しかし怪我をしたのは、ぬしら二人だけか。まったく口ほどにもないの〜」

「……お腹《なか》空いた」

サボっていても平気な顔のアス美《み》がソファでごろごろし、ベル乃《の》がテーブルでモリモリ飯を食っていた。

一方、プライドを逆撫《さかな》でされたルシ子は、ベッドの上で激昂《げきこう》した。

「アタシのは敵にやられたわけじゃないわよ！　なんか知んないけど羽が消えちゃって地面に落ちて頭打っただけ！　レヴィ山みたいな雑魚《ざこ》と一緒にしないでくれるぅ？」

瀕死《ひんし》の重傷を負ったレヴィ山と違い、頭にギャグ漫画みたいなたんこぶを作っただけの彼女は、さも心外そうに威張《いば》り腐る。

「……それは敵にやられるより格好悪くねえか？」

レヴィ山が半眼になってツッコむが、すぐに痛みで顔を顰《しか》める。

「待て待て、どちらも大人しく寝ておるがよい」

隙《すき》あらば角突き合わせようとする魔将たちを、ケンゴーは慌《あわ》てて宥《なだ》めた。

ケンカするほど仲が良いというけれど、時と場合は選んで欲しい。

「特にレヴィ山は絶対安静だ。さすがにこの傷では、歩けるようになるだけでも時間がかかるからな。退屈だろうが覚悟しておけ」

「退屈どころか、我が君にずっと診てもらえるとか光栄の極みっすよ」

「ルシ子はたんこぶくらいすぐに治るはずなのだが……余の治癒魔法に抵抗《レジスト》してないか……？」

「ハァ？　なんでアタシがそんなことしなきゃいけないいんですかぁ？　『ケンゴーにこのままずっとお手当してて欲しい♥』なーんて考えてるとでも思ってるんですかぁ？　アンタの治癒魔法がヘタクソなのを棚に上げて、言いがかりつけけんのやめてくれるぅ？」

「……まあ。いいけど」

治癒魔法は魔力馬鹿《ばか》食いの重労働なので、できれば早く完治してもらいたいところだが、シト音救出にルシ子が協力してくれた感謝を思えば、こんな風に甘えられるくらいは可愛《かわい》いもん、可愛いもん。

「あの……ケンゴーさま。冷たいお茶を淹《い》れて参ったのですが……」

そのシト音がおずおずと部屋に戻ってきた。

城の勝手を一番わかっている彼女が、皆のために用意しにいってくれていたのだ。

「うむ、喉《のど》が渇いておったので助かる……が、生憎《あいにく》と今は手が離せなくてな」

ルシ子のたんこぶ治療はちょっと手を止めても大事には至らないと思うが、さすがに可哀想《かわいそう》なのでしない。

「では僭越《せんえつ》ながら私めが、飲ませて差し上げますね」

シト音はカップを一つとると両手で差しだすように、うれしそうにケンゴーの口元へ運んでくれる。ケンゴーが口をつけると、甲斐甲斐《かいがい》しく飲ませてくれる。

そんな二人の様子を目の当《まあ》たりにして、

「……は？」

「……は？」

「おおっ♪」

たちまちルシ子とアス美が目を尖《とが》らせ、レヴィ山がうちの妹もやるじゃんとばかりに声を弾《はず》ませた。

「な、なんだ、おまえたち……。し、仕方ないであろうが、この状況ではっ」

「……お腹空いた」

ケンゴーは当然の弁明をしたというのに、ベル乃まで批難がましかった。

「……ナニ、ケンゴー？　あんた、そんなにそいつと仲良かったっけ？」

「れっ、レヴィ山の妹御なのだから、仲良くなりたいと思うのは当たり前であろうっ」

「それにしても仲が良すぎるの。まるで一晩肌を重ね合ったかのような距離感じゃ」

（アス美の女の勘、鋭すぎんだろ〜〜〜〜〜っ）

ケンゴーはもう全身で冷や汗をかいていた。

針の筵《むしろ》状態だった。

シト音が「まあ、どうしましょう」という顔になって、目で助けを求められたが正直、困る！

それがますます仲睦《なかむつ》まじい様子に見えたのか、ルシ子らが目を吊《つ》り上げて本当に困る！

しかも、間の悪いことは重なるものだ。

「魔王陛下のお呼びとあってこのブエル、一族郎党を引き連れ、ただいま参上仕《つかまつ》りました！」

引くほど顔の整った銀髪の美男子が、空気を読まない笑顔でやってくる。

数々の典医を輩出したブエル家の当主だ。さすがに戦《いくさ》に参加しろとは言えなかったが、怪我人が大量に出るだろうことを見越して——気の利《き》くマモ代が——その治療のために招集をかけていたのだ。

「おお、よくぞ来てくれた！　待っておったぞ！」

ケンゴーは渡りに船とばかり、強引《ごういん》に話題を変える。

ルシ子らのジトーッとした視線は消えなかったが、気づかないふりをする。

魔界随一の名医は早速、レヴィ山への治癒魔法を半分肩代わりしてくれながら、

「今回の褒美《ほうび》にと言っては失礼ですが、一つ陛下にお願いごとをしてもいいですかね？」

「おお、なんだ。余にできることなら遠慮なく申してみよ」

ケンゴーは度量のある主君ぶる。

このブエルという男、魔王に対しても遠慮がないというか馴《な》れ馴《な》れしいというか、とにかくこんな風に明け透けな物言いをしてくる。実年齢八百歳は伊達《だて》じゃない。

でもそこがケンゴーは嫌いじゃないというか、君臣の礼であまり構えられるよりも、よほどに親しみやすい。

「実はですね、私の曾孫《ひいまご》がこのたび十五歳を迎えることになりまして」

「ほうほう、それはめでたいな。成人だな」

「それで孫の社交界デビューがてら、誕生パーティーを開いてやることになったんです」

「……ほうほう、けっこうなことではないか。ぜひ盛大にやってやるとよい」

「陛下はお父君と一緒で、てっきりパーティー嫌いと思ってたんですが、どうやらそうでもないと今回わかったんで、でしたら当家にも御幸《みゆき》を賜《たまわ》れないかなーと」

「…………ほうほう、アザールの招きに応じておいて、他《ほか》でもないおまえの招きに応じぬわけにはいかぬな」

「ありがとうございます。つきましては招待状を手配いたしますんで、**どなたをパートナーとして同伴**なされるか、教えておいていただけますか？」

「…………ほうほう、ちなみにその誕生会は何日くらい開催予定だ？　四日？　五日？」

「やですね、誕生会なんですからワンナイトに決まってますよ」

ブエルが空気を読まない笑顔で言った。

瞬間——

「ケンゴーがどおおおおおしてもって言うなら、アタシがパートナーやってあげるけどぉ？」

「昨日、妾《わらわ》の順番《たーん》が飛ばされてしもうたのじゃから、次は妾が筋じゃろう？」

「関係あるか、パートナーとして最も優秀な者が務めるべきだ。そう、この小官のようにな」

「……お腹空いた」

ルシ子が、アス美が、ベル乃が、いつの間にか天井《てんじょう》に逆さに立っていたマモ代が、互いに激しく牽制《けんせい》し合い、バチバチににらみ合いを始めた。

「……ケンゴーさまとパーティー……同伴……羨《うらや》ましゅうございますね」

シト音までが一瞬、ケンゴーに物言いたげな視線を送ってきたかと思うと、でもすぐに「分不相応なので最初から諦《あきら》めます」という顔で目を伏せていた。

ケンゴーはもう冷や汗で、十キロくらいロードワークしてきた後のようになる。

（この中から誰か一人を選ばないといけないのか……？）

まぢで……？


「で、どうなさいます、陛下？」


神様っ！

俺《おれ》なんか悪いことしましたかっっっ！

†

薄暗い部屋だった。

大きな円卓に離れて並べられた五つの椅子《いす》に、隣り合っても互いの顔が見えないくらいに。

左目だけ金色の男――アザールに腹心面《づら》で仕え、実質的に操《あやつ》っていた元執事は、先客がいるかどうかを確認しながら入室する。

既に座っていたのは一人だけで、残りの椅子は自分のものを含めてまだ空席だった。

席の間に序列は存在しないが、誰がどこに座るかは厳格に決められている。だから相手の顔は見えなくても、誰が誰かはすぐわかる。

「早いね、ベリアル。いつも君が一番乗りだ」

左目だけ金色の男は自分の席に腰かけ、優雅に足を組むと、隣の席へ挨拶《あいさつ》した。

「おまえを含めて、皆が時間にルーズすぎるだけだ」

ベリアルと呼ばれたその男は腕組みしたまま、困ったものだとばかりに嘆息した。

「そこはキミ、多忙と言ってくれたまえよ」

「ならば肩の荷が一つ下りたな。アザゼル領での実験計画、頓挫《とんざ》したのだろう?」

「ああ、そこは存分に笑ってくれていいよ。しかしおかげで期せずして、当代の魔王たちの戦いぶりを目撃できた」

そして今回、皆を招集した本題もその報告だった。

「先代連中と比べてどうだった？」

まだ全員がそろっていないのに、ベリアルが訊《たず》ねてくる。

せっかちというよりは、遅刻者どもを待つ間の雑談、退屈凌《しの》ぎだ。

「正直に白状すると、観戦できなかった部分も多いんだけれど――」

左目だけ金色の男は右の肩を竦《すく》めた。

立場上、老シトリーが出陣するまではあのバルコニーから離れるわけにはいかなったし、戦場ともなれば両軍互いに抗探知魔法を張り巡らせていた。

「――でも、より手強そうだと思ったよ。特にサタン家のぼうやはピカイチだね」

「厄介《やっかい》なことだな。おまえをしてそう言わしめるのなら」

ベリアルは腕組みしたまま、沈思黙考を始める。

その態度を茶化し、思索を邪魔するように、左目だけ金色の男は話しかける。

「ま、引き続き慎重にやっていこうよ、ベリアル」

「そうだな。他の者にも徹底しよう、メフィスト」

あとがき

皆様、お久しぶりです。あわむら赤光《あかみつ》です。

三巻も手にとっていただき、本当にうれしいです。

一向に収まる気配のないコロナ禍《か》（このあとがきを書いております、四月現在の状況です）の中、皆様はどうおすごしでしょうか？

僕も近況を述べようと思っていたのですが、とても愚痴《ぐち》っぽいあとがきになってしまったので、「誰だってラノべ読んでる時まで暗い話題なんか目にしたくないよな！」と考えて、書き直しました。皆様の目に触れているこのあとがきは、実はテイク2でございます。

というわけで明るい話題にすべく、コロナ禍に無理やり良かった探しをいたしますと、遠方の友人たちの多くがウェブカメラ等を導入して、以前は電話ですませていたところを今は顔を見ながらチャットしたり、複数人でオンライン飲み会ができるようになったことですね。

いろいろ不自由な世の中ですが、人間、新たな楽しみを見つけていくことができるものだなあと、しみじみ思っている昨今です。

それでは謝辞に参ります！

まずはクールでビューティーなマモ代の魅力を表紙で、妖艶《ようえん》（？）なシトレンシアの魅力を口絵で描いてくださいました、イラストレーターのkakao様。特に分身シトレンシアは「さすがに描くの大変では……」と僕もお願いしてよいものかどうか迷いがあったのですが、快諾してくださり本当に頭が下がる想いです。

担当編集のまいぞーさん。締め切りライン読み誤ってマジでごめんなさい！

ＧＡ編集部と営業部の皆さんには引き続き今シリーズのお引き立てのほど、よろしくお願いいたします。何卒！　何卒！

一巻のあとがきで「天才王子の赤字国家再生術　～そうだ、売国しよう～」がアニメ化しないかなと祈ってたら本当にしやがった同期の鳥羽徹さん。爆発しろ！　ありがとうございます！

そして、勿論、この本を手にとってくださった、読者の皆様、一人一人に。

広島から最大級の愛を込めて。

ありがとうございます！

四巻では再び人界征服に戻る予定です。怪しい奴らがいっぱい暗躍しているケンゴーにとって生きづらい世《フォーミラマ》の中ですが、魔将たちと一緒に乗り越えてってくれるはずです。青い顔して！

ファンレター、作品の
ご感想をお待ちしています

〈あて先〉

〒106－0032
東京都港区六本木2－4－5
ＳＢクリエイティブ（株）
GA文庫編集部 気付

「あわむら赤光先生」係
「kakao先生」係

本書に関するご意見・ご感想は
右の QR コードよりお寄せください。

※アクセスの際や登録時に発生する通信費等はご負担ください。

https://ga.sbcr.jp/

転生魔王の大誤算 3
～有能魔王軍の世界征服最短ルート～

発　行　　2021年6月30日　初版第一刷発行
著　者　　あわむら赤光
発行人　　小川　淳

発行所　　SBクリエイティブ株式会社
〒106－0032
東京都港区六本木2－4－5
電話　03－5549－1201
03－5549－1167（編集）

装　丁　　AFTERGLOW

印刷・製本　中央精版印刷株式会社

ISBN978-4-8156-0987-0
Printed in Japan　　GA文庫

試読版は
こちら!

試読版は
こちら!